文春文庫

武士の流儀（三）

稲葉　稔

文藝春秋

武士の流儀

三

第一章　仏の顔

一

日の光はあかるいが、風の強い日であった。

与力番所の障子もときどき強風を受け、カタカタと小さな音を立てていた。

桜木真之介《さくらぎしんのすけ》は部屋の片隅に畏《かしこ》まって座ってはいるが、眠くてしようがなかった。

宿直《とのい》あけの朝で、もうすぐ交代の与力がやってくることになっているが、やけに遅く感じる。

生欠伸《なまあくび》をしたら、前に座って事務仕事をしている年嵩の与力に見られ、

「これ、不謹慎であるぞ」

と、窘《たしな》められ、真之介ははっと威儀を正した。

「そろそろあれが来るだろう」

年嵩の与力はそういってまた事務仕事に戻った。真之介はひょいと首をすくめ、また欠伸が出そうになったので片手で口を塞いだ。

真之介は当番方の与力である。だが、本役ではなく助役(本勤並)という見習いであるがゆえに、町奉行所内では常に気を張っていなければならない。

「桜木様」

廊下から声があったのは、しばらくしたときだった。

声の主は玄関で取次をする中番だとわかった。中番は奉行直属の部下で、本来は身分の低い若党侍だが、町奉行所においては同心並みの扱いを受けている。

「何用だ?」

真之介は声を返した。

「角蔵《かくぞう》と申す町人が桜木様にお会いしたいと玄関に来ています」

「角蔵……」

真之介は首をかしげた。そんな町人に知り合いはいない。だが、窮屈な与力番所で退屈を堪えているのは疲れるので、

「待たせておれ」

と返答するなり、前で事務仕事をしている先輩与力に頭を下げて、廊下に出た。

玄関は鑓《やり》の間の脇を通ってすぐだ。

面会を求めた男は玄関の外、出庇《でびさし》の下に恐縮の体で立っていた。

真之介の顔見知りではないので、中番に「あの者か？」と訊ねると、そうだという。しかし、恐縮しているその訪問者は、真之助を見ても何の反応も示さなかった。

「角蔵というのはそなたか？」

呼ばれた訪問者が、少し驚き顔を向けてきた。

褒められた人相ではない。黒くて四角い顔の右頰には、半寸ほどの古傷があり、その男に凶悪な印象を与えていた。

「わたしが桜木だが、何用であろうか？」

角蔵という男は、目をしばたたいた。

「あの、あっしがお目にかかりたいのは桜木清兵衛《せいべえ》様なのですが……」

真之介は警戒した。父の名を出されたからではなく、角蔵はどう見てもまっとうな人間とは思えない。腹に一物あるのではないかと考えた。

「清兵衛様はもうこの御役所にはいらっしゃらぬ。用はなんだ？　わたしで足りることなら話を聞こう」

「いらっしゃらないというのは……」

「隠居されたのだ」

「隠居を……」

角蔵は考えるように短く視線を泳がせてから、

「それならば、どこへ行けば会えるでしょうか？」

と、聞いてくる。

真之介は父の住まいを教えてはならないと考え、

「そのほうは何をしている者で、どこに住んでいる？」

と、角蔵に警戒の目を向けた。

「あ、あっしはいま仕事はないんですが、松村町《まつむらちょう》の長屋に住んでいやす」

「木挽町《こびきちょう》の隣の松村町であるか？」

松村町は深川にもあるからそう聞いたのだった。

「へえ、さいです。紀伊国橋《きのくにばし》のそばにある松村町です。左衛門店《さえもんだな》に住んでいやす」

「ならば、そのこと伝えておこう。だが、会えるかどうかわからぬぞ」

「へっ、それはどういうことで……」

「桜木清兵衛様の都合があるからだ。さようなことだ」

角蔵は何かいいかけたが、あきらめたように口を閉じ、一礼すると背を向けて歩き去った。表門に向かうその後ろ姿は、どことなく淋しげに見えた。

「今日はお出かけにならないのですか？」

妻の安江《やすえ》が障子の桟にはたきを掛けながら顔を向けてきた。座敷で爪を切っていた桜木清兵衛は妻を振り返って、

「たまには父上の墓参りに行ってこようかと思っているのだ」

と答えながらも、邪魔者扱いするようないい方をしおってと、腹のなかで毒づく。

「ならば行ってらっしゃいませ。でも、遅くならないでくださいよ」

「遅くはならぬ。すませたらまっすぐ帰ってくる」

安江はもうそれには何も答えず、はたきを掛けつづける。

パタパタと音がするたびに、小さな埃の粒が日の光に浮かぶ。安江は手拭いを姉さん被りにし、前垂れをつけ、赤い紐で襷《たすき》をかけている。

すっかり町屋の女房になったなと、その姿を見ながら清兵衛は思う。それにしても昔はもっとおっとりしている女だったのにと思い、小さな吐息をつく。

（年を取れば誰でも薹《とう》が立つのか……）

やれやれと首を振り、着替えにかかった。

父・清三郎《せいざぶろう》は文化二年（一八〇五）に他界していた。町奉行所与力を勤めあげてすぐのことだった。

その息子である清兵衛も同じ与力を務めたが、わけあっていまは隠居の身となっている。（そのわけは一、二巻に詳しいので省く）

桜木家の菩提寺は愛宕下《あたごした》にある真言宗の真福寺だった。

着替えを終え、線香と蠟燭《ろうそく》を懐に入れ、

「安江、何か買い物があれば、帰りに買ってくるが……」

と、掃除中の妻に声をかけた。

「今日は何もいりませんわ。それより風が強うございます。お気をつけて」

声を返してくる安江の姿は、障子の影となっていた。

「では、行ってまいる」

雪駄《せった》に足を通し、玄関の戸を開けようとしたとき「お邪魔します」という声とともに、戸が横にさっと開かれたので、清兵衛はにわかに驚いたが、目の前にあらわれたのは不肖の倅《せがれ》・真之介だった。

「なんだ、おまえであったか。驚くではないか。声は戸を開ける前にかけるものだ」

小言をいってやるが怒っているわけではない。

「失礼いたしました」

「あら、真之介。今日はお休みですか」

真之介が下げた頭をあげる前に、縁側から安江が声を弾ませてやって来た。

「いえ、宿直明けなのですぐに帰ります」

「そうなの。それにしてもおまえ様のお役目は宿直が多ございますね」

「仕方なかろう。当番方というのはそういうものだ」

清兵衛は口を挟んだあとで、何の用だと訊ねた。

「はい、父上に伝えておいたほうがよいと思うことがあるので、急いでやって来た次第です」

「ふむ、立ち話もなんだ。あがりなさい」

二

真之介から話を聞いた清兵衛は、記憶の糸をたぐり、

「もしや、そやつの右頬に傷がなかったか?」

と、訊ねた。

「ありました。古傷でしょうが半寸ほどのものが。いかんせん人相風体があまりよくないので、わたしは父上の倅であることを伏せて応対したのですが、やはりご存じでしたか」

「うむ、間違いがなければその角蔵だろう」

「父上に会いたいようでしたが、無闇にこの家のことを教えるわけにはいかないと思い、その角蔵の住まいを聞いています」

「どこだ?」

「松村町の左衛門店と申しておりました」

「深川ではないこっちの松村町だな」

「角蔵……」

「さようです」

「ふむ、あやつ何かあったか……」

清兵衛が角蔵の顔を脳裏に浮かべ腕を組んだとき、安江が茶を運んできた。

「すぐに帰らずとも、少しゆっくりしていきなさい。ついでにお昼をいっしょしましょうか。この方はお墓参りのついでに、どこかで食べていらっしゃるはずですから、たまには母と子で食事するのも悪くないでしょう」

安江はさかんに誘いかけるが、真之介は眠いので先に休みたいと拒む。

そんなやり取りをよそに、清兵衛はぼんやりと角蔵のことを考えた。

それは、まだ清兵衛が風烈廻り与力として敏腕をふるっていた七、八年前のことだった。


その日は朝から冷たい木枯らしが吹いていた。

風烈廻りはこういった日は厳重に目を光らせて、市中を見廻る。何より火事を防ぐのが第一の役儀でもあるが、荒天を狙って悪事をはたらく不逞の輩《やから》にも目を光らせなければならない。

配下に二人の同心と小者を二人、若党を一人つけての見廻りは早朝から行ったが、さいわい大きな問題はなかった。

しかし、浅草から両国を抜け、通油町《とおりあぶらちょう》に入ったとき騒ぎが起きていた。何事だと目を光らせると、集っている野次馬たちの先で、二人の男が取っ組み合いの喧嘩をしていた。

それは喧嘩というより、獰猛《どうもう》な獣が殺し合いをしているような凄まじいものだった。一人は顔面血だらけで、もう一人も返り血を浴びていた。

その迫力に止めに入る者はいず、野次馬たちも遠巻きに眺めているだけだった。

「これ、やめぬか！　やめぬか！」

清兵衛は地面を転がりながら組み合っている二人を引き剝がした。配下の同心がその二人を背後から羽交い締めにしたが、互いに罵詈雑言《ばりぞうごん》を投げ合う。

「ええい、黙れッ！　黙らぬか！」

清兵衛は恫喝して、興奮している二人をにらんだ。

と、ひとりの男に見覚えがあった。両国を仕切っている為蔵《ためぞう》というやくざ一家の子分だった。他の子分ならわからなかっただろうが、その男は為蔵の庇護《ひご》を受けて売り出し中の若衆だった。

「てめえは為蔵のところの直次郎《なおじろう》だな」

「こりゃあおれとこいつの話し合いだ。町方の出る幕じゃねえ。放せ、放さねえか！」

直次郎が同心を振りほどこうと吠えれば、

「ちくしょう、てめえ今度会ったら生かしちゃおかねえからな！」

相手の男も、口角泡を飛ばして目をぎらつかせる。顔面は血だらけだ。

「いいから、どういうことで喧嘩になったのか話せ」

清兵衛が聞くと、直次郎が財布を掏《す》られそうになったからだという。

だが、一方の男はそんなことはしていないと反論し、その財布があるなら調べてみやがれと、両腕を大きく動かして諸肌脱ぎになる。

そこへ、野次馬のひとりが歩み寄ってきて、

「そこの天水桶のところに落ちていました」

と、財布を差し出した。

直次郎がそれはおれのものだというので、

「よし、おまえは帰れ」

と、直次郎を帰し、もうひとりの男を近くの自身番に連れ込んで話を聞いた。

男の名は角蔵といった。

「おまえ、掏ろうとしたのに間違いないだろう。この腕の入れ墨はなんだ」

清兵衛はその入れ墨に気づいていた。

掏摸《すり》は捕まると、二本線の入れ墨を左肘の下に入れられる。重犯・三度目だとさらに一本ずつ増え、四度目に捕まると死罪となる。

「いえ、あっしは……」

頬の傷の手当てを受けた角蔵は、さっきの威勢はどこへやらおとなしくなっていた。

「やってねえというか。だが、相手が悪かった。さっきの男は直次郎といってな、両国を仕切っている為蔵一家の者だ。それも為蔵が贔屓《ひいき》にして売り出し中の若衆だ。傷はやつに切られたんだな」

「へえ、いきなり匕首《あいくち》で斬って来やがったんです。だから我慢ならなくて……」

「このまま無事にはすまぬだろうな。為蔵一家は質《たち》が悪い。そのうえ直次郎はしつこい男だ。おまえを牢送りにすれば、直次郎は仲間を同じ牢に送り込んでおまえを殺すだろう」

「げッ、まさか……」

角蔵は真顔になった。

「足を洗って、ほとぼりが冷めるまで江戸を離れるんだ」

「え、すると、あっしはお咎《とが》めなしで……」

角蔵はまじまじと清兵衛を見た。

「江戸にいれば、おまえは殺される。牢に入れたところで同じだ。面倒なことになるのは御番所とて避けたい。おれのいうとおりにしろ。殺されたければ江戸にいてもかまわぬが、どうする」

「目こぼしをしてくださるんで……」

「今度かぎりだ」

「ありがとう存じやす。あっしには乳飲《ちの》み子がいるんです。あっしがいなきゃその子はどうなるかわかりません。旦那、このご恩一生忘れやせん。きっぱり足を洗って、残りの人生をやり直します」

角蔵は顔に似合わず涙をこぼして、深々と頭を下げた。

「そうか、あやつが……」

我に返った清兵衛はそうつぶやいて、安江と真之介に顔を向けた。二人は昼餉《ひるげ》をどうのこうのと話していた。

「真之介、角蔵のことは心配に及ばぬ。わしのほうで一度話を聞くことにする」

「大丈夫でございましょうか？」

「懸念無用だ。眠いのであろうが、安江が昼を食っていけといっておるのだ。遠慮せずに食っていけ」

「そうしなさいな」

安江が即座に言葉を重ねた。

三

真福寺の墓所で祖先の墓に線香をあげ、花を供えて手を合わせた清兵衛は、ゆっくり立ちあがってまわりを眺めた。

風が強く木々の枝から葉がちぎれ飛んでいた。

「こんな風の日にわざわざ来ることもなかったか」

独り言をいって墓地をあとにし、武家地を抜けて東海道筋の源助町《げんすけちょう》に出たときには、すでに昼が過ぎていた。

小腹が空いているのを感じると同時に、安江の言葉が脳裏に甦る。

——この方はお墓参りのついでに、どこかで食べていらっしゃるはずですから……。

先読みしたことなどいわなくてもよいだろうにと、腹のなかで思う。それも息子・真之介の前でである。

（まあ、それはそれでよいか）

小さな腹立ちはすぐに消えるが、たしかに腹が空いていた。

芝口三丁目に入ったときに、小さなそば屋を見つけた。折からの風に暖簾《のれん》が捲《まく》れあがっているが、看板に「二八蕎麦《そば》　高砂」と読めた。

（入ってみるか……）

間口一間半の小さな店構えで、店のなかもこぢんまりとしていた。土間に幅広の床几《しょうぎ》席が二台あるだけだ。

清兵衛は卓袱《しっぽく》を注文した。

雲の流れが日を遮《さえぎ》っているらしく、障子があかるくなったり暗くなったりを繰り返していた。店のなかも同じように明度が変化した。

注文の卓袱が届いた。そばの上に卵焼き、蒲鉾、椎茸、クワイが乗っている。

一見豪華であるが、さて味のほどはと、まずは汁をすすってみる。

(うむ、なかなかよい味だ)

麺を手繰《すく》って口に入れる。腰があり、ほどよい歯応え。

なかなかよいではないかと、そばをすすり、蒲鉾を食べる。

そばを食べているうちに角蔵のことを思い出した。

江戸を離れろと忠告したとおり、角蔵は一年ほどして町奉行所宛に手紙を寄越した。そのとき角蔵はすっかり足を洗い、藤沢の染物屋ではたらいていると書いてきた。

蚯蚓《みみず》がのたうちまわったような字だったので、読み解くのに苦労したが、ちゃんと更生したのだと思い、頬をゆるめたことがあった。

音信はそれだけだったが、まともに生きているならそれでよいし、藤沢ならいくら直次郎が執念深いやくざでも追える地ではない。安泰に暮らし、そして生きるのが一番だとひとり納得し、いつしか角蔵のことは忘れていた。

(あやつ、何をしに江戸に……)

ただ挨拶をしに来ただけかもしれないと考えたが、松村町に住んでいると真之介から聞いている。

すると、江戸で仕事を見つけているのかと思いもする。

（帰りに住まいを訪ねてみるか）

清兵衛はそばをすった。

角蔵は松村町にある長屋、左衛門店にぽつねんと座っていた。自分の家ではない。昔馴染みに頼み込んで居候させてもらっているのだった。

それも半月の約束だった。

そして、その約束の期限はあと数日で切れる。それまでに仕事を見つけなければならないが、どこの口入屋に行っても話はまとまらない。

なぜ、まとまらないか。その原因を角蔵は知っていた。

（この面相だ）

自分の四角い顔をぶ厚い手で撫で、それから人差し指で古傷の痕をなぞった。

八年前、直次郎というやくざに斬られた傷だった。そのおかげで、ただでさえ強面《こわもて》の顔に凄みが出ている。

角蔵の心は日に日に荒れていた。江戸に戻ってきたはいいが、除《の》け者扱いされているというのがわかる。

誰もが避けるようにするし、何か悪さをするのではないかという猜疑心《さいぎしん》の勝った目で見てくる。

口入屋がようやく見つけたという店に行っても、顔を合わせたとたん、相手の表情が変わり、体よく断られる。その繰り返しだった。

（こうなったからには……）

角蔵は自分の右手を鼻の前に掲げて、結んで開くを繰り返した。指の動きは悪くない。昔取った杵柄《きねづか》はいまだ健在のはずだと思うことしばしばだ。

しかし、それではまた元の木阿弥。だからその気持ちを静めるために、世話になった桜木清兵衛様に礼をいいがてら顔を見れば、心のなかの悪い虫も騒がないだろうと思い、今朝早く町奉行所を訪ねたのだった。

ところがあらわれたのは若い与力だった。名前が同じだったので、ひょっとすると桜木様のお倅かと思ったが、深く聞きはしなかった。

ただ、桜木様にも見放されたかという、勝手な思いに肩を落とすしかなかった。

「おい、なんだ仕事を探しに行ってるんじゃなかったのか」

ふいの声に顔をあげると、部屋の貸主・文五郎《ぶんごろう》だった。

文五郎は箪笥作りを専門にやっている職人なので、住まいとは別に隣の長屋にも仕事場を借りていた。

「どうも気が進まなくてな。何度も断られちまうと、また同じだろうと……」

「根気よく探してみりゃいいじゃねえか。あきらめたらそれでおしめえだ。女房子供のために稼がなきゃならねえんだろう」

文五郎は柄杓《ひしゃく》で水甕《みずがめ》の水を掬って喉を鳴らす。

「ああ」

「腕のいい染め物職人になったんじゃねえのか。おめえの腕を認めてくれる店はきっとある。こんなとこにいたって仕事なんかみっかりっこねえんだからよ」

「そうだな」

「けっ、しけた面《つら》しやがって。それでよ、おれもいろいろ都合があるから、あと三日で出て行ってもらうぜ。そういう約束だったよな」

「わかってる」

「昼飯は食ったのか？　食ってなかったらお櫃《ひつ》のなかに朝の残りがあるから、湯漬けにでもして食いな。ちょいと鉋《かんな》を取りに来たんだ」

文五郎は居間の隅にあった真新しい鉋を取って、仕事場に戻っていった。

角蔵は閉まった腰高障子をぼんやり眺めて、あと三日かと胸中でつぶやいた。

あと三日で仕事を探さなければならないが、もう自信がなかった。

（試しにやってみるか……）

角蔵はさっと顔をあげ、目を光らせた。

やってだめだったら、そのときはもう一度仕事を探す。それでいいだろう。納得させるために胸のうちにいい聞かせて、ゆっくり立ちあがった。

（文五郎にも礼をしなきゃならないんだ）

手持ちの金はわずかになっていた。

（金を作るのが先だ。仕事を探すのは後まわしでもいい）

文五郎の家を出ると、木戸口に向かって蹌踉《そうろう》と歩いた。

四

「ここか」

清兵衛は左衛門店を探しあてると、そのまま木戸口を入って一軒また一軒と腰高障子を見ていった。職業と住人の名が書かれているからだ。

しかし、奥まで行っても角蔵という名前はなかった。見落としたかもしれないと思い、引き返してみるが、やはりない。

（この長屋ではないのか……）

そう思って、二軒先の家から出てきたおかみがいたので声をかけた。

「なんでしょう」

おかみは清兵衛を見て少し顔をこわばらせた。二本差しの侍だからだろう。

「ここに角蔵という男が住んでいないかね」

「角蔵さん……」

おかみは視線を短く泳がせてから、

「いいえ、角蔵さんなんて人はいませんよ」

と、目をしばたたかせる。

「さようか。失礼した」

清兵衛はそのまま左衛門店を出た。

真之介はたしかに松村町の左衛門店といったはずだ。聞き間違えてはいないはずだがと、清兵衛は歩きながら首をかしげる。

ひょっとすると、もう一軒同じ長屋があるのかもしれない。長屋には大家の名前をつけるのが常だ。ひとりの大家が二軒の長屋を掛け持ちしていることは少なくない。

そう思って自身番を訪ねて聞いてみたが、

「左衛門店は一軒だけですね。他の町ではございませんか」

店番がそう答える。

「他の町……隣の木挽町あたりにはないだろうか？」

「いえ、大家の左衛門さんでしたら、この町一軒しか預かっていないはずです。木挽町一丁目にはありませんよ。二丁目の先はわかりませんが……」

「さようか。邪魔をした」

清兵衛は自身番を出た。

若い店番だったので、清兵衛が元町奉行所の与力だったことに気づかなかったのはよかった。

気づかれると相手は何かと気を使いはじめるので煩《わずら》わしい。だから清兵衛はよほどの用がないかぎり、自身番には立ち寄らないようにしている。

与力時代は市中の自身番のほとんどに顔を知られていた。相手が知らなくても、小銀杏の髷《まげ》と巻羽織だからそれだけで町方だとわかる。

（あやつ、聞き間違えたのではあるまいか……）

清兵衛は今朝、真之介から聞いたばかりのことを反芻《はんすう》しながら歩く。

松村町は深川にもあるが、真之介はこっちの町だといった。もしや、深川のほうなのかもしれない。

（あやつ、おっちょこちょいのところがあるからな）

これから真之介の屋敷に行ってみようかと思ったが、宿直番明けなので、おそらくまだ寝ているだろうと慮《おもんぱか》った。

南八丁堀の通りを手持ち無沙汰に歩き、稲荷橋南詰にある甘味処「やなぎ」のそばまでやって来た。

（茶でも飲んでいくか……）

そう思って店に足を向けたとたん、女の悲鳴が聞こえた。みると、やなぎの娘・おいとが葦簀《よしず》の下敷きになっている。

「これこれ、何をやっておる」

「あ、桜木様、風で倒れたのです。縄でくくっていたのですけど……」

おいとは葦簀を押しあげて、照れくさそうに笑った。

「縄が切れたのだろう。この風だ。どれ縛り直してやろう」

「すみません」

おいとがちょこんと頭を下げれば、清兵衛は葦簀を立てかけ直し、

「やはり、縄が切れたのだ。新しいのはないか」

と、おいとを見る。

「あります。いま持ってきます」

おいとは店の奥に駆けていった。

清兵衛は葦簀を縛り直し、それから茶を飲んだ。

風は強くなったり弱くなったりを繰り返しているが、ときどき突風があり、土埃を巻きあげていた。

「桜木様、うちのおっかさんからです。どうぞ食べてください」

おいとが小皿に乗せた草餅を運んできた。

「これはすまぬな」

「桜木様に是非にと、おっかさんがいうんです」

おいとは首をすくめ、うふっと、人あたりのよいふっくらした顔に笑みを浮かべる。

「せっかくだから遠慮なくいただこう」

一口食べて「うん、これはうまい」といってやると、またおいとは相好を崩す。

清兵衛はおいとに会うと心が和むのだった。

五

角蔵は京橋と日本橋の間を往復していた。

これはと目をつけた男や女が何人かいたが、なかなか踏ん切りをつけられなかった。昔だったら、目をつけた男や女がいれば、躊躇《ためら》いもなく近づいたり擦れちがったりして懐中のものをいただいたものだ。

それは、造作ない〝仕事〟だったが、足を洗って八年もたっている。いまひとつ勇気を出せない。

（どうする。やめるか……）

心のなかで迷うが、仕事が見つからなければ他に手立てがない。京橋の近くまで戻ってきた角蔵は、もう一度日本橋のほうへ歩いた。

やや背をまるめ、上目遣いに周囲を歩く者たちを見る。通りは道幅も広く、両側には大店が並んでいる。その間に煎餅や飴を売る小店がある。

着飾った町娘がいれば、侍の姿も少なくない。箱物を背負った行商人もいれば、僧侶や相撲取りの姿もあった。店の前で声をあげる小僧がいる。その人波を縫うように野良犬がうろついてもいた。

だんだん日は西に傾きつつある。早くしないと日が暮れる。

角蔵は焦りはじめていた。

(一回やっちまえばいいんだ。うまくいかなかったら逃げりゃいい。そして、二度とやらなきゃいい)

通りの端を人目につかぬように歩きながら、ときどき立ち止まる。天水桶の陰に佇み、通行人を眺めた。

しばらくしたとき、あれはと思うカモがいた。

伊勢屋という茶問屋から出てきた年寄りだった。結構な年だ。頭には霜を散らし、腰も少し曲がっている。そして、手に巾着を提《さ》げている。

このとき過去の経験が甦った。年寄りは巾着に金を入れないことが多い。つまり、懐に財布を入れている。

(やろう)

角蔵は肚《はら》をくくって、年寄りの後を尾《つ》けた。

まわりの目を気にしながら、機会を狙う。

心の臓が柄《がら》にもなくドキドキと脈打つ。

（なに、できる）

しくじったら走って逃げればいいと、胸のうちにいい聞かせる。

中橋広小路まで来たとき、前から俵物を積んだ大八車がやって来た。一台だけでなく三台あった。ガラガラと車輪の音をひびかせて近づいてくる。

（いまだ）

角蔵は年寄りに近づいた。

二台目の大八と擦れちがったとき、年寄りの肩にぶつかった。

「おっと」

声をかけながら年寄りが倒れないように襟をつかむ。同時に懐に手を入れ財布を抜いた。

「ごめんなすって」

角蔵は不機嫌な顔を向けてきた年寄りに謝ると、足速に人混みに紛れ、そして横町に飛び込み、さらに横の路地に入って楓川《もみじがわ》沿いの道に出た。その間に掏り取った財布のなかを指先で勘定した。

（結構持っていやがったな）

人目のないところで勘定すると、二両三朱もあった。

角蔵はうまく掏り取ったことに興奮した。まだできるという確信を得た。

（よし、もう一回）

適当に暇をつぶし、日が大きく傾きはじめた頃に、通一丁目から三丁目と流し歩き、さらに足を進めた。南伝馬町二丁目でカモを見つけた。

今度は女だった。

花柄の着物。裾に鳥の絵をあしらってあり、帯を太鼓結びにしている。どこぞの商家の女房だろう。その女は紫色の風呂敷包みを抱え持っていた。

角蔵は裏道を抜けて先まわりをすると、目をつけた女が前から歩いてきた。もう日が暮れかかっていて、人目につきにくい時分だ。

道の端を歩いていた角蔵は、すうっと前に出るとよそ見をする芝居をし、女にぶつかった。女は小さな悲鳴を漏らした。

角蔵はすかさず平身低頭しながら詫びを入れる。詫びながら怪我はなかったかと女の手を取り、袖を払う真似をした。

その間に角蔵の指は、袂《たもと》から財布を抜き出していた。

女はまったく気づかず、

「もういいわよ。何でもないんだから」

と、目を吊りあげ邪険《じゃけん》な物いいをした。

「相すいませんで……」

角蔵はなるべく顔を見られないように、頭を下げてそのまま急ぎ足で離れた。

(うまくいった)

おれはまだできると、自信を得た。

その夜、角蔵は少し奮発して酒と惣菜を買って文五郎の長屋に戻った。惣菜は浅蜊《あさり》のむき身と切り干し大根の煮つけ、畳鰯、芝海老のから煎りだった。

「なんだ、ずいぶん豪勢じゃねえか」

買ってきた惣菜を皿に盛って出すと、文五郎は驚き顔をした。

「おめえには世話になりっぱなしだ。それに、明後日はここを出て行かなきゃならねえ。ま、遠慮なくやってくれ」

角蔵は文五郎に酌をしてやった。

「……こりゃ上物じゃねえか。下りものだろ」

酒に口をつけたとたん、文五郎は目をまるくした。下りものとは、上方から運ばれてきた酒という意味だ。

「おれの気持ちだ。遠慮はいらねえ」

角蔵はそういって自分も酒に口をつけた。

「ひょっとして仕事が決まったのかい？」

文五郎は奥目を見開いて聞く。

「なんとなくあてが見つかったんだ。まだ、本決まりってわけじゃねえが……」

「そうかい、そりゃよかった。決まりゃいいな」

「雇ってもらいたいもんだ」

「それでだめだったらどうする？　また、探すか……」

「そうするしかあるめえ」

文五郎は短く考える間を置いてから、角蔵に真顔を向けた。

「考えたんだけどよ、もし、仕事が見つからなかったら、元の棟梁のとこへ行って頭を下げたらどうだ。まあ下ばたらきからはじめることになるだろうが、あの棟梁だったら少しは融通してくれんだろう」

二人はかつて同じ棟梁の下ではたらく大工だった。

小細工仕事のうまい文五郎は、大工から指物師になっていた。

角蔵は仲間と喧嘩をしたのがもとで、大工をやめ、しばらく遊んでいるうちに掏摸仲間に入ったのだった。

「心配には及ばねえよ。きっと見つかるさ。おれは染め物で生きていくと決めてんだ。いまから職替えなんてできねえ」

「それほどおめえが、染め物一途になるとは思いもしねえことだった」

「生まれて初めて気に入ったんだ。何てことのない生地がおれ好みの色に変えられるんだ。おめえにゃわからねえだろうが、染め物ってぇのは面白い」

角蔵は遠くを見るような視線になってつづける。

「おれは藍《あい》色が好きだ。だが、藍と一口でいってもいろいろある。薄い藍、濃い藍、赤みがかったもの、青みがかったもの……やり方次第でいろんなものに染められる。絞れば、その藍も青いところと白いところができる。妖《あや》しくも艶《つや》やかにもなる。おれの腕次第で、一つの色をいくつにも変えられる。初めて染め物を習ったとき、おれはこれだ、このために生まれてきたんだと思ったほどだ」

「へえ、人間変わりゃ変わるもんだ」

文五郎は感心したような顔をしてうなずいた。

「ま、いいから飲みねえ。とにかく染め物はおれにとって天職なんだよ。だから雇い先を何としてでも見つけなきゃならねえ」

「まあ、おめえがそう決めてるんなら文句はいわねえが……」

文五郎はしんみりした顔で酒を口にした。

六

夕餉のあと、清兵衛は居間に残ったまま独り酒を楽しんでいた。

安江は片付けをすると、隣の座敷で繕《つくろ》い物に精を出している。昼間は風が強かったが、いまは静かで、庭から匂い立つ青葉の香りが漂っていた。

（それにしてもどういうことだ）

清兵衛は甘味処「やなぎ」に立ち寄ったあとで、深川の松村町に足を運んでいた。自身番で左衛門店があるかどうか聞いたが、なかった。

すると、やはりこっちの松村町のはずだ。しかし、左衛門店という長屋はあったが、角蔵という男は住んでいなかった。

真之介が嘘をいったとは思えない。

（角蔵はたしかに、おれを訪ねてきたはずだ）

清兵衛は宙の一点を凝視する。

わざわざ町奉行所を訪ねて、自分に面会を求めたのは、なぜだろうか？　そして角蔵は、真之介に住まいを聞かれて、嘘をついた。

（そういうことか……）

しかし、なぜ嘘をつく必要があるのか、それがまたわからない。

角蔵は江戸を離れ藤沢で染め物職人になっているはずだ。心を入れ替えまともな生き方をしているなら嘘をつく必要はない。心に疚《やま》しさを抱えているなら、町奉行所など訪ねてこないはずだ。

考えれば考えるほど、心に引っかかりを覚える。

「何をぼんやりなさっているのです。少し飲み過ぎではございませんか」

安江の声で清兵衛は我に返った。いつの間にかそばに立っていたのだ。

「ああ、そうだな。少し考えごとがあったのだ」

「いったいどんな考えごとでしょう」

安江は台所に下りて、茶を淹《い》れようかという。

「頼む。真之介だが、明日は休みだろうか？」

「いいえ、明日も仕事だといっておりましたわ」

「さようか」

清兵衛は、真之介が町奉行所に出仕する前に訪ねて、もう一度角蔵のことを聞こうと思った。

翌朝早く、清兵衛は真之介の屋敷を訪ねた。元は自分が預かっていた屋敷である。

真之介は毎朝やってくる髪結いに、髷を結ってもらっているところだった。

「父上、このままで失礼します」

座敷に座ったまま真之介は目だけを動かしていう。

「かまわぬ。いや訪ねてきたのは、角蔵のことだ」

「昨日のあの男ですね。会われましたか？」

「それがおかしいのだ。おまえが聞いたという松村町の左衛門店を訪ねたが、角蔵などという男は住んでいなかった。これはおまえが聞き間違えたのではないかと思い、深川の松村町にも行ってみたのだが、左衛門店などなかった」

「わたしは聞き違えなどしていませんよ。あの男ははっきりと、松村町の左衛門店といったのです。それにわたしは、木挽町のほうの松村町かと訊ねました。角蔵は紀伊国橋のそばにある松村町だといったのです。いまは仕事はないといっておりましたが……」

「さようであったか……」

清兵衛が応じたとき、真之介の髪結いが終わった。

「角蔵にずいぶんこだわりがおありのようですが、どんな関係なのです」

「話せば長い。いや、忙しいであろうから、また話そう」

通常与力の出仕時刻は四つ（午前十時）であるが、いまだ本勤めとなっていない真之介は同心と同じ五つ（午前八時）なので、朝は慌ただしい。髪を結ったら裃《かみしも》に着替え、供をする若党や挟箱持ちなどに指図をしなければならない。

「父上、茶でも召しあがっていかれませんか」

真之介が気を遣う清兵衛に、また気を遣ったことをいう。

「喉は渇いておらぬ」

そのまま清兵衛は屋敷を出た。


角蔵はいつものように文五郎が仕事に出て行くと、ゆっくり茶を飲みながらその日の計画を練った。

昨日はうまくいったが、今日もうまくいくとはかぎらない。何せひとりでやらなければならないのだ。ひとりでの掏摸ばたらきはむずかしい。

巾着切りをやるにも、突きあたりをやるにも用心が必要だ。

組む仲間がいれば、背後から羽織を脱がせて掏る「達磨外し」、背後から手を伸ばして懐を漁る「山越し」も造作ない。

だが、組む仲間はいない。あくまでも一人ばたらきである。

さらに注意が必要なのは、掏摸の一家に見つからないことだ。もし、見つかったら十本の指を失うことになる。

町奉行所の与力・同心より質が悪いといってもいい。

（ここは用心のしどころだ）

角蔵は自分にいい聞かせる。

煙管《きせる》に火をつけて、煙をくゆらせながらどこへ行こうかと考える。

盛り場がいい。頭に浮かぶのは、両国と浅草奥山、そして上野広小路だ。

だが、そこは掏摸連中の稼ぎ場でもある。しくじれば人目のない場所に連れ込まれ、袋だたきにされたあと手の指を落とされる。考えただけでゾッとする。

しかし、盛り場は掏摸をはたらくには、もってこいの場所だ

角蔵は紫煙を吐き出しながら深川にしようと考えた。富ヶ岡八幡宮前は上野や浅草には劣るが、それなりに人出が多い。

だめだったら夜を待つ。酔っ払いは注意力散漫だからいいカモである。

カンと、煙管の雁首を灰吹きに打ちつけて、先のことを考えた。しばらく稼いだらやめればいい。

雇ってくれる店がなければ、自分でやればいいのだ。

（そうだ元手ができるまで稼ぐんだ）

角蔵にはいずれ自分の店を持ちたいという夢があった。

女房もそれを望んでいる。いまさらだが、どうしてその元手を作ることを考えなかったのかと、自嘲の笑みを浮かべた。

（さあて、そろそろ出かけるか）

角蔵がゆっくり腰をあげて、長屋を出たのは昼前のことだった。

七

富ヶ岡八幡宮前を東西に走る通りが、深川一の繁華街だ。角蔵は掏摸がいないか用心して、流し歩いた。それとわかる何人かの顔があったが、決して目を合わせなかった。

掏摸の多くはどこかの親分の下についている。目印は元結いを一本で結ぶというのが昔のしきたりだが、いまはそんなことはしない。

だが、元掏摸だった角蔵には、見分ける嗅覚がある。目つきや素振りで「ああ、こいつは掏摸だな」と、大体見当がつくのだ。

そば屋に入って昼飯にした。格子窓から表を歩く通行人を眺める。侍には目を向けず、もっぱら女か年寄りだ。

手口は昨日と同じ「突きあたり」にすると決めている。

盛りそば一枚をゆっくり食いながら、表から店に視線を戻したとき、同じ床几でそばをすすっている年寄りがいた。矍鑠《かくしゃく》とした品のある老人だ。

その老人はそばを食べ終えたところで、店の者に勘定を頼んだ。盛りそばは十六文だが、老人の食べた天ぷらそばは三十五文だった。

しかし、老人は取っておきなさいと、四十文を店の者にわたして腰をあげた。五文は老人の心付けだ。

角蔵が一瞬目を光らせたのは、老人が巾着から財布を取り出したときだ。ずっしりと重いのが見て取れた。

（持ってやがるな……）

「ありがとうございます」

店の者が老人を送り出すと、角蔵も勘定をしてすぐ店を出た。

老人はゆっくりした足取りで、一ノ鳥居のほうに歩いていた。角蔵は距離を取って老人の様子を窺いながら、どこでどんな手を使ってあの巾着を盗むかを考える。

財布は巾着のなかであるから、容易には掏れない。巾着切りという手もあるが、使う刃物はない。

やはり突きあたりかと、考えるが、どこで体をぶつけるかが問題だった。

老人の足取りは鈍い。ときどき商家の前で立ち止まっては、暖簾越しに店のなかをのぞいたりする。そんなことをしながら、一ノ鳥居を過ぎ深川黒江町《くろえちょう》まで行ったとき、老人は一軒の店にふっと姿を消した。

小さな本屋だった。

角蔵は暖簾越しに店のなかをのぞいた。店番は二人だけだ。

老人はあれこれと本を手に取り、めくったり閉じたりし、別の本を物色している。そのうち、巾着をそばに置いて、あれやこれやと本を漁りはじめた。

角蔵はそっと店に入った。若い小僧が「いらっしゃいませ」と声をかけ、奥に引っ込む。帳場の男は老人にかかりきりだ。

店には所狭しといろんな本が置かれていた。俳諧書、浮世草子、黄表紙、そして浮世絵などもあった。

角蔵もあれやこれやと本を眺め、老人のそばに寄る。袂から手拭いを出し、それをふわっと巾着にかけた。老人も店の男も気づいていない。

「ないな」

角蔵は小さくつぶやいて、そのまま店を出た。

小脇に老人の巾着を抱え持っていた。急ぎ足で本屋を離れ、路地に飛び込み、さらに別の路地を進み、永代橋を駆けるようにしてわたった。

当分、深川には足を向けないほうがいいと、やや興奮しながら自分にいい聞かせる。

老人の巾着には八両と少々の金が入っていた。その他に鼻紙やお守りなども入っていたが、金を抜き取ると、巾着ごと大川に投げ捨てて文五郎の長屋に戻った。

角蔵は思いの外の稼ぎに気をよくしていた。自分の染物屋を持つことが夢ではなくなってきた。元手さえ作れば店を借りられる。

(もう少し稼ぐか……)

角蔵はうまくいったことで、昔の自信を取り戻していた。

その反面咎める心もある。清兵衛と約束したことだ。だから足を洗ってまっとうな道を歩くと誓ったのだ。だから、自分は目こぼしを受けた。

そして、まともな職人になれた。

顔に似合わず律儀なところのある角蔵は、清兵衛の恩を忘れていない。だから、先日挨拶だけでもしようと会いに行ったのだ。

(旦那、これぎりです)

角蔵は目をつぶって、脳裏に浮かぶ清兵衛に謝った。それから、近所の店に行き、その夜の酒の肴にする惣菜を買って戻った。

「文五郎、頼みがあるんだ」

仕事から帰ってきた文五郎に、角蔵は酒を勧めながらいった。

「なんだい？」

「もう少し居候させてくれねえか。じつはちょいといい人に会ってな」

「ふむ。どんな人だい？」

「昔世話になった人にばったり会ったんだ。もういい年だが、おれの話を聞いて、雇ってくれるところがなけりゃ自分で店をやればいいだろうというんだ。だが、おれにゃ元手がねえから、そんなことはできねえ。そういうと、少しなら都合してもいいというんだ。その代わり商売がうまくいったら、金を返すという約束でな」

「へえ、出世払いかい。そんな奇特な人がいるんだ。どこのなんて人だい？　おれの知っている人か？」

「いや知らねえはずだ。浅草で小さな店をやっていた清兵衛さんといってな。いまは隠居の身だ。金に余裕があるから、そんなことをいうんだろう」

適当な口実だったが、思わず清兵衛の名が口をついた。

「ほんとうかい……」

文五郎は奥まった目に疑いの色を浮かべて見てくる。

「嘘じゃねえさ。だからあと三日、いや四日ばかりここに置かしてくれねえか。これは帰りの路銀だったが、居候代わりの宿賃だ。受け取ってくれ。なに、心配には及ばねえ」

角蔵は懐から前以《まえもつ》て用意していた五百文を膝前に置いた。緡《さし》で結んだものだ。

文五郎はその金をじっと見てから、顔をあげた。

「おめえ、まさか……」

文五郎は疑いの目で見てくる。角蔵が昔掏摸だったことを知っているからだ。

「おい、疑うんじゃねえよ。おれはもう足を洗ったんだ。おめえだって知ってんだろう」

「そうかい、だったらいいけどよ。だけど、その清兵衛さんて人は信用できるのか？」

「ああ、人を外見であれこれいう人じゃない。おりゃあこんな顔つきだが、ちゃんとおれの心のうちをわかってくれる人だ。さあ、一杯やりな」

角蔵は文五郎に酌をしてやった。

八

「今日も陽気がいいですね。鶯《うぐいす》の声がきれいでしょう」

おいとが茶を出しながら笑顔を向けてくる。

「うむ。いい天気で気持ちがよい。おいとに会うとまた気持ちがよい」

清兵衛が言葉を返すと、おいとは頬を赤くして「いやだ」と、清兵衛の肩をぺしりとたたく。

甘味処「やなぎ」の店先である。

「桜木様はお世辞がお上手なんだから」

「いや世辞ではない。ほんとうのことだ。あれ、誤解いたすな。口説いているのではないからな」

「わかっていますよ。どう考えたって、わたしと桜木様では釣り合いが取れませんものね」

「ま、そうであろう」

清兵衛が茶に口をつけたとき、板場のほうからおいとを呼ぶ声がした。

「はあい、いま行きます。桜木様、ゆっくりしていってください」

そのままおいとは店の奥に消えた。

清兵衛はのんびり茶を飲みながら、すぐ先の湊稲荷を眺める。

若葉を茂らせた木々が目に鮮やかである。おいとがいったように、境内から清らかな鶯の声が沸いていた。

八丁堀に架かる稲荷橋を箱物を背負った行商人がわたってゆき、反対に天秤棒を担いだ魚屋がやってくる。

「……そうさ、おれんとこに居ついて帰らねえんで困ってんだよ」

隣の床几に座る男の声が聞こえてきた。

「それじゃどうすんだ」

連れの男が応じる。

「追い返そうとしても、いやだといいやがる。無理に連れていこうとすりゃ、泣き騒ぐ始末で往生どこの騒ぎじゃねえんだ」

二人は職人仲間のようだ。

清兵衛は二人の話を聞き流しながら、さてこれからどうやって暇をつぶそうかと考える。まだ昼前で、一日は長い。

隠居の身になって、暇をつぶすのに往生するので、何か趣味でもと思っているが、俳句はつづかないし書も飽きた。

「いつまでも居候させておくわけにゃいかねえからな」

「お勢《せい》ちゃんはいい女だってのに、先方の姑がよっぽど意地が悪いんだろう」

二人の話はそこで途切れたが、清兵衛は「居候」という言葉に引っかかりを覚えた。

居候――。

(よもや……)

角蔵は居候しているのかもしれぬ。

そう思ったのは、心の片隅で角蔵のことを考えていたからだ。

角蔵は真之介に松村町の左衛門店に住んでいると答えている。それは、住んでいるのではなく、居候だった。面倒なので詳しく話さなかっただけかもしれぬ。

清兵衛はぽんと膝をたたくと、茶代を置いて「やなぎ」を離れた。

左衛門店に行くと、亭主連中が出払ったあとなのでのんびりした空気が漂っていた。井戸端で三人のおかみが、洗い物をしながら、ぺちゃくちゃとしゃべり合っている。

「取り込み中にすまぬが、ここに角蔵という男が居候しておらぬだろうか」

三人のおかみは同時に清兵衛を振り返った。

「角蔵さん……」

小太りの女が鸚鵡《おうむ》返しにつぶやく。

「人はいいのだが、あまり褒められた人相ではない。色が黒くて四角い顔で、年は四十になっているだろうか……」

清兵衛が言葉を足すと、三人の女たちは同時に心あたりのある顔をした。

「それなら文五郎さんのとこにいる人だわ」

「そうそう、おっかない顔をしているわ」

「年も四十ぐらいのはずよ」

おかみたちは口々に答えた。

「いまもいるだろうか？」

「今朝見かけたけど行き先はわかりませんよ。でも、文五郎さんは隣の長屋で仕事をしています。行ってみたらわかると思いますけど」

小太りのおかみがそういう。

清兵衛はそのまま隣の長屋に行った。

「指物　箪笥請負　文五郎」と書かれた腰高障子があった。しかも戸は開け放しである。

文五郎らしい男は捻り鉢巻きをして、板に鉋をかけていた。そばには作りかけの箪笥があり、抽斗《ひきだし》が積まれていた。

「邪魔をする。そなたが文五郎だろうか？」

訊ねると、ひょいと顔を向けてきた。

眼窩《がんか》のくぼんだ奥目だ。へえと、訝《いぶか》しそうに答える。

「わたしは桜木清兵衛と申す者。そなたの家に角蔵という男が居候していると聞いたのだが、会えないだろうか」

「はあ、あなたが清兵衛さんですか」

文五郎は作業の手を止めたばかりでなく、手にしていた鉋を膝許に置いた。

「話を聞いておるのか?」

「へえ、お侍だとは聞いておりませんでしたが、いやお世話になります。やつはあの人相ですから、人づきあいも人あたりも決してよくはありませんが、根はいいやつなんです。それにしても染物屋の元金を出してくださるとは、ありがたいことです」

清兵衛はよく話が呑み込めなかった。

「元金とはなんだ?」

「へっ、角蔵の出す店の元手ですよ。あっしはそう聞いていやすが……」

「いや、わたしはそんな話をしたこともなければ、角蔵にも会っておらぬのだ。あやつのことはかれこれ八年ほど前に知ったぐらいでな。だが、数日前にわたしが勤めておった役所に訪ねてきたらしいのだ」

「はァ、えーと、それじゃ……」

文五郎は目をしばたたき、視線を短く彷徨《さまよ》わせ、

「まさか、御番所の旦那で……」

と、急に畏まって座り直した。

「いまは隠居の身だ。すると、おぬしはわたしのことも聞いているのだな」

「詳しいことは聞いてませんが、世話になった町方の旦那がいて、足を向けて寝られないんだと、そんなことを聞いていやす」

「やつが掏摸だったことも知っているのだな」

「てめえの口からいわなくても、あっしは知っておりやした。あいつのために黙っていますが……それで、角蔵に……」

「うむ、わたしを訪ねてきたと聞き、久しぶりに会ってみたいと思っているのだ。それにしても、角蔵は店を出すまでになったか。なかなか立派なことだ」

清兵衛が感心すると、文五郎は急に黙り込んで膝許に視線を落とした。黙って見ていると、文五郎がゆっくり顔をあげた。

「桜木様、そうでしたね」

「うむ」

「ちょいとあっしは心配しているんです」

「何をだね」

「やつのことです。たしかに一人前の染め物職人になったようです。此度は江戸ではたらきたいと、女房子供を藤沢に残して勤め先を探しに来たんです。あっしは見つかるまで居候させてくれないかと頼まれたので、昔のよしみもありますし好きにしろといって泊めてんですけど、やつを雇ってくれる店はないようなんです。ところが、一昨日あたりから様子が変わりましてね」

「変わったというのは……」

「急に羽振りがよくなったんです。それに、嘘かほんとうかわかりませんが、店を出す元手を都合してくれる人に会ったというんです。それが清兵衛という人でした。ですが、そんな親切をしてくれる人なんざ滅多にいるもんじゃありません。昨夜は居候分の宿賃だといって、五百文をぽんとわたしてくれるんです。その前は上等の酒を買ってきて飲ましてくれました。そんな金などなかったはずなんです」

「ふむ、それで……」

「これはあっしの勘なんですが、いえ間違っていりゃいいんですが、やつァ雇ってくれる店がないんで、自棄《やけ》を起こしててめえの店を開くために昔の〝稼業〟をやってるんじゃねえかと、そう思うんです」

「角蔵の行き先を知っているか？」

「今朝は浅草に行くといっていましたが……」

清兵衛はきっと目を光らせてから、文五郎に顔を戻した。

「仕事の邪魔をして悪かった。角蔵を捜してみる」

九

角蔵は浅草まで来ていた。昔の縄張りだった地だ。女房のおくらと出会ったのも浅草だった。おくらは水茶屋の茶汲み女だった。

角蔵のいかつい顔を見ても、愛嬌ある笑みを絶やさなかった。角蔵はそれが気に入った。日をおかず通い、少しずつ話をするようになり、店の外で会うようになった。

そのときおくらはいった。

――角蔵さんはほんとうはやさしい人なんですね。人は見かけじゃないというけど、ほんとうにそうだと思いました。

そういわれたとき、嬉しくて仕方なかった。こんなおれでもよかったら、いっしょにならないかといったのは、それから数日後のことだった。

どうせ断られるだろうと覚悟していたが、

――こんなわたしでよかったら……。

おくらはそういって恥ずかしそうにうつむいた。

同じ屋根の下で暮らすようになったのはすぐだった。そして、角蔵は大工をやめて掏摸を稼業にしていることを告白した。

おくらはさほど驚かなかった。

――うすうす、そうではないかと思っていたけど、できれば足を洗ってくださいまし。暮らしがきついなら、わたしがはたらきますから……。

角蔵は足を洗うと約束した。しかし、できなかった。

仕事を見つけていると嘘をついて、掏摸をつづけていた。子供が生まれると知ったとき、今度こそやめようと思ったが、やはりできなかった。

（しかし、あのとき……）

角蔵は遠い空に視線を送って、八年前の出来事を思い出した。

やくざの直次郎の懐をあさって失敗し、さらに大喧嘩になった。頰を切られ血だらけで殴り合った。

そのとき、割って入ってきた桜木清兵衛という町方が目こぼしをしてくれたお

かげで、

（そうだ、おれは足を洗ったんだよな）

茶屋の床几に腰掛けている角蔵は、手許に視線を戻し、右手をゆっくりにぎって開いた。指や爪には染料がしみついている。その指で古傷をなぞった。

（今日かぎりにしよう。そうそううまくいくもんじゃねえしな。今日かぎりだ）

角蔵は心のうちに誓って腰をあげた。

浅草広小路から浅草寺境内に入り、奥山まで足を進めた。

芝居小屋に見世物小屋、軽業師がいれば手妻師がいる。口上を述べる蝦蟇《がま》の油売りに講釈師。人混みは相も変わらずだ。

カモを捜していると掏摸が目についた。一人だけではない。

あそこにも、こちらにもと、楽な着流しに雪駄履きの掏摸がいる。同じ掏摸同士だからそれとなくわかるのだ。

（ここはまずいな）

角蔵は奥山を離れることにした。

雷門前の広小路に戻ったが、いざ警戒の目を光らせると、やはり掏摸が目につく。

ここもだめかと思い、上野に足を延ばそうかと考えるが、それもだめだとすぐに気づく。ならば両国はどうだと考えるが、両国にも掏摸は大勢いる。

結局浅草をあきらめ、夜を待とうと考えた。酔客は油断しているだけに掏りやすい。

（そうするか……）

今日かぎりにするんだから、何も焦ることはないと心中にいい聞かせる。

御蔵前を過ぎ、両国の広小路を抜けたときには、日が大きく西にまわり込んでいた。それでも暗くなるにはまだ間がある。

横山町の茶屋で休み、ぼんやりと通りを眺めた。

人通りは日本橋ほどではないが、行き交う人は絶えない。通りの両側には、小間物問屋・紙問屋・煙草入問屋・糸物問屋・袋物問屋などといった店が軒を連ねている。

色とりどりの暖簾が落ちかかる日の光を受けながら、そよ風に揺れていた。人の影もずいぶん長くなっている。

（いっぺん、文五郎の長屋に戻って出直そうか）

そう思って腰をあげかけたとき、筆硯問屋の暖簾を撥《は》ねあげて表に出てきた女がいた。前垂れをした手代らしき男が丁寧に送り出すと、女は愛想笑いを返した。風呂敷包みを抱え、巾着を提げている。両手が塞がっている。身なりもいいし、品もある。お大尽の女房といった風情である。

角蔵は心を騒がせると同時に腰をあげ、女の後を尾けた。

女の襟足が日の光を受けて白い肌が眩《まぶ》しい。風呂敷包みは重いのか、ときどき持ち直している。そのせいで角蔵の目に、巾着が盗んでくれといわんばかりに見える。

緑橋をわたったとき、雲に夕日が遮られて翳《かげ》った。通油町から通旅籠町《とおりはたごちょう》に差しかかったとき、角蔵は女の背後から肩にぶつかった。

「あっ……」

女が小さな悲鳴を発してよろけ、ついでに片手をついて風呂敷包みを落とした。

巾着を地面に置き、風呂敷包みを持ち直した。

「こりゃごめんなすって……」

角蔵はあやまりながら、素速く巾着を拾いあげ懐にしまった。あっという間のことで、女は気づく素振りもない。角蔵はそのまま立ち去ろうとした。

「待ちな」

突然の声と同時に、片腕がつかまれた。

そっちに顔を振り向けてギョッとなった。

「角蔵、久しぶりだな」

「こ、これは……」

角蔵は震えあがった。

まさかこんなところで、桜木清兵衛に会うとは思ってもいなかったからだ。

「姉さん、怪我はありませんか。これを落としてましたよ」

清兵衛は角蔵の懐から巾着を取り出して女にわたした。

「あれ……」

立ちあがった女が目を白黒させて驚く。

「心配には及ばぬ。わたしは北町の者だ。気をつけてお帰りなさい」

十

「ずいぶん捜したぜ。やっと見つけたと思ったら、この有様だ」

清兵衛は女を立ち去らせたあとで、角蔵をにらみつけた。

「旦那、そのあっしは……」

「いいわけ無用だ。こっちに来い」

清兵衛は人目を嫌って、脇の路地に角蔵を連れ込んだ。

「申しわけもございません。あっしはその……」

「黙れッ」

清兵衛は抑えた声で一喝してから言葉をついだ。

「おまえ、足を洗ったのではないのか。染め物職人になったのではないのか。いつだったか、おまえから手紙をもらったことがあった。おれは嬉しかった。これでおまえもまともな人間に戻ったと、胸を撫で下ろしたものだ。それが……」

「………」

角蔵は唇を嚙み、何度も頭を下げる。

「いいわけなど聞きたくはないが、勤め先を探しに江戸に来たそうだな」

「へえ」

「だが、なかなか雇ってくれるところはなかった。あきらめたとき、自分の店を持つ元手を稼ごうと思い立ち、それで昔の稼業に手を出した。大方そういうことであろう」

「桜木様、すみません。あっしは情けない男です。斬るなり焼くなり、存分にやってくだせえ。あっしは旦那の恩情を無にしちまいました。これこのとおりです」

角蔵はその場に跪《ひざまず》いたと思うや、土下座をした。

「仕事先がなかなか決まらないんで、つい魔が差しちまって……。面目ないです。あっしは裏切り者の嘘つきです。勘弁してくれとは口が裂けてもいいません。どうぞ、ひと思いに……お願ェします」

角蔵は顔に似合わず、ぽとぽとと涙をこぼす。

清兵衛はそんな様子を冷めた目で眺めた。

「斬り捨ててもよいと申すか」

「へえ」

「馬鹿めッ。立て」

角蔵はへっと驚き顔をあげた。

「死ぬ覚悟があるなら、その気になって勤め先を探せるだろう。そうではないか」

「おっしゃるとおりで……」

「おれに会いに来たそうだな。何のために御番所を訪ねた」

「旦那にはお世話になりましたんで、これから江戸で仕事をすることになると、その挨拶をしに伺ったんです。ですが、旦那は隠居されたと聞きました」

「おまえに応対したのは、おれの倅だ」

「へっ、やっぱり……」

「おまえには乳飲み子がいたな。もう大きくなっただろう」

「九つになりました」

「昔の鞘《さや》に納まるようなことをすれば、その子を泣かせることになりはしないか。女房だってそうだ。そのことを考えなかったか……」

「……考えました」

角蔵はうなだれて答える。

「おまえが堅気仕事を死んだ気になってつづけると、ここで約束するなら引き立てはせぬ」

角蔵はあわあわと、金魚のように口を動かす。

「おれはいまは隠居の身だ。これで二度目の約束であるが、いかがする？」

「や、約束いたします」

「男と男の約束だぞ。仏の顔も三度までというが、もうこれが最後だ。わかっておるな」

「は、はい」

角蔵はそのまま太い腕で両目をしごいて泣いた。

「送ってまいろう。立つんだ」

翌日、清兵衛は木挽町二丁目にある呉服問屋「近江屋」を訪ねた。

店に入るなり帳場に座っていた徳次郎《とくじろう》という若旦那が、

「あ、これは桜木様」

と、慌てたように尻を持ちあげ、帳場格子から出てくるなり丁寧に頭を下げた。

「その節は大変お世話になりました」

「いやいや、ちょいと顔を見に来たのだ」

「おい誰か、桜木様にお茶を……」

徳次郎はそばにいた小僧に言いつけ、「ささ、おあがりください」と盛んに勧める。茶菓子もつけなさいなどと、下にも置かないもてなしである。

徳次郎は以前上方へ修業に行っていたが、江戸の実家に帰ってくると、たがが外れたように遊ぶようになった。店に居つかず、幇間《ほうかん》を連れ歩いて酒色に耽《ふけ》ったのだ。

女に絡む面倒事で窮地に陥ったのは間もなくのことで、そのとき清兵衛が手助けをして穏便にすませていた。

そんなことがあるから、徳次郎は清兵衛に頭が上がらない。

「いやいや、ここでよい。ちょいと相談があってきたのだが、旦那は元気かね？」

徳次郎が面倒を起こしたとき、主《あるじ》の徳右衛門《とくえもん》は病《や》んでいた。

「へえ、もうすっかり元気になりまして、今日は寄合いに出ております。桜木様が見えるのがわかっていれば、待たせておいたのですが、残念でした」

「元気であればよい。それにそなたも仕事に精を出しているようではないか」

「もう遊ぶだけ遊びましたからね」

徳次郎は照れくさそうに笑い、盆の窪をかいてから、

「それで相談とおっしゃいましたが……」

と、真顔を向けてきた。

「うむ、この近所に腕のいい染め物職人がいるのだが、はたらき口を見つけられず難渋しておるのだ。この店は木挽町の大店だし、染物屋との付き合いもあると

思うのだ」

「はあ、それはありますが……。その職人の腕は確かなのでしょうか？」

「しっかり修業をしている男だ。面相はいただけないが、根はいい男だし、腕もいいと聞いておる。もし、いい染物屋があれば口を利いてもらえまいかと思ってな。無理な相談というのはわかっておるが……」

「他でもない桜木様からのお話です。承知しました。二、三あたってみましょう」

「引き受けてくれるか」

快諾を得た清兵衛は、徳次郎を眩しそうに眺めた。

「その職人のことを教えていただけますか」

清兵衛は角蔵が近所の長屋に居候していることや、女房子供を藤沢に待たせていることを話し、

「もし、いいはたらき口が見つかったとしても、わたしのことはこれで頼む」

と、口の前に指を立てた。

それから三日後の午後だった。

文五郎の長屋を訪ねた清兵衛に、角蔵が嬉しそうに勤め先が決まったと報告し

た。

「品川の染物屋に雇ってもらうことになりました。これも桜木様のおかげでございます」

角蔵は恐縮しきってぺこぺこと頭を下げた。

「何をいうか。おれは何もしておらぬ」

「これで、女房子供も安心して江戸に連れてこられるってもんだ。だけど角蔵、ほんとうに桜木様って人は仏のような人だな」

隣で言葉を添える文五郎は、情に脆《もろ》いらしく涙目になっていた。

「何をいうか。わたしは仏でも鬼でもない。だが角蔵、まことに死んだ気になってはたらくのだぞ。それから二度と邪心を起こしてはならぬ」

「へえ、もう二度と旦那を裏切るようなことはいたしません。神にかけてそう誓いやす」

第二章　夫婦愛

一

それはまったく偶然のことだった。

「もしや……」

と、清兵衛が足を止めたのは、木挽町一丁目から紀伊国橋をわたったときだった。

前から来た女が、声に気づいて清兵衛を見た。その顔がゆっくり驚きに変わり、目が見開かれた。

「銀《ぎん》さん……そうでしょう」

女は清兵衛の若い頃の偽名を口にした。

「そうだ。まさか、こんなところで会うとは思いもせぬこと。何をしているのだ？」

「この近所に店を出した知り合いがいるのです。その手伝いに行くところです」

「ほう、自分の店はどうした？」

「もうとっくにたたみましたよ。あれから何年たつと思うのです」

いわれてみればそうである。

女はお節《せつ》といって、浅草並木町の「白浪《しらなみ》」という小料理屋の女主だった。

「何年ぶりだ？」

懐かしさで声が弾んだ。

「……三十年になりましょうか。銀さんも相応にお年を召されましたね」

そういって微笑むお節の顔にも無数のしわがあった。それでも、十分昔の面影を残した器量のよさである。

「急いでいないなら、その辺で少し話すか」

「ええ喜んで」

お節の愛嬌のよさはいまも変わらない。

清兵衛は紀伊国橋そばの茶屋に行き、緋《ひ》毛氈《もうせん》の敷かれた床几にお節と並んで座った。

「今日は非番ですの？」

お節が笑顔を向けてくる。目尻のしわが深くなっているが、柳眉の下にある切れ長の一重は、昔のように魅力的だった。ともすれば誤解されそうに見つめてくる、男好きのする目なのだ。

「もう隠居したのだ」

「え、まだ早いじゃございませんか。だって……」

「いろいろわけあってな。しかし、まさかこんなところで会うとは思わなんだ」

「そうですね。昔は銀さん、元気盛りでいつも大酒を飲んで……」

お節は昔のことを思い出したのか、クスッと笑った。

「大酒を飲んで何だ？」

「だって、気に入らない客がいれば喧嘩を売ったり、喧嘩を買ったり、曲がったことが大嫌いで、それでいて照れ屋で……まさか、町方の旦那だったとは気づきもしなかったのですから」

お節の店に出入りしていたのは、清兵衛が見習を終え、本勤並になった頃だった。いまの真之介と同じぐらいの年の頃だった。

同心もそうだが与力は、無足見習からはじめ、見習・本勤並・本勤・支配並・支配と上がっていく。

「おれがそうだと教えたのは、ずっと後のことだったな」

「そう、ぱったり店においでにならないので、どうしたのかしらと思っていたら、手下にされている小者や岡っ引きの親分を引き連れてきてびっくりしましたわ。それで、みなさんが旦那、旦那と呼ぶんですもの。わたしが銀さんと呼んだら、親分が目くじら立てて、怒っちゃって。こら、旦那に銀さんとは無礼だろって……」

「そんなことがあったな」

清兵衛は遠い昔を思い出す顔になっていった。

若い頃、清兵衛は花村銀蔵《はなむらぎんぞう》という名を使って浅草界隈で遊んでいた。上役に知れて、行状の悪さを咎められたことは幾度もある。

「それでいまはどうしているのだ？」

清兵衛はお節に顔を向けた。

「慎ましく生きてますわ。亭主に死なれたんですけど、小金を残してくれていましてね。それに倅が孝行者で助かっています」

「そうか、嫁に入っていたのか。ま、おまえさんの器量だからもらい手は引く手あまたであっただろうからな。で、亭主は誰だったのだ?」

清兵衛はわずかな嫉妬心を覚えた。もっともその嫉妬は、すぐに泡沫のように消えたが、相手のことを知りたかった。

「銀さんの知らない人です。浅草で大工の棟梁をしていたんですけど、胸を患ってあっという間のことでした」

「胸を……。さようか、じつはおれも労咳《ろうがい》を疑われ、それで御番所から身を引いたのだ」

「あら、でもお顔の色はよいですね」

「うむ、一年も療養していただろうか……。いつしか咳が止まって、医者に診てもらうと労咳ではなく、咳気《がいき》(気管支炎)だったのだ。何だそうだったのかと胸を撫で下ろしたが、もう御番所に戻ることはできぬ。だから隠居となった」

「そういうことでしたの。でも跡取りはいらっしゃるのでしょう」

「真之介という倅がいる。いまは助役だから、昔のおれと同じだ」

「それじゃいい男ね」

「は……」

お節を見ると、クスッと笑って首をすくめる。昔の可愛さはいまも変わらぬ。

「いまだから白状しますけど、わたしね、ほんとうは銀さんに口説かれたかったのよ。でもそんなことちっともなくて……」

「おいおい、何をいうか。まさか、おまえさんがそんなことを……」

「何さ、人の気持ちを察しない唐変木だったのよ」

お節はちょいと肘で清兵衛の脇腹を突いた。それから楽しそうに笑った。清兵衛もつられて笑う。

昔話は尽きなかったが、話の途中でお節は急に思い出した顔になり、

「いけないわ。手伝いに行かなきゃならなかったのだわ」

と、手にしていた湯呑みを置いた。

「そういっていたな。引き留めて悪かった。で、その店はどこにあるのだ」

「ご案内しましょう。暇なときにおいでくださいな」

お節はその店まで案内してくれた。

二

お節と別れた清兵衛は木挽町から築地を抜け、鉄砲洲の河岸道をぶらぶらと散策しながら家路を辿った。

その間もお節のことが脳裏を離れなかった。河岸道で立ち止まり、江戸湾を眺める。そこは大川の河口であり、海でもある。

鉄砲洲は清兵衛の住む本湊町から南の明石町あたりまでを総称した呼び名だ。

「あれも老けたが……」

思わず口から声が漏れ、つづけて胸のうちでつぶやく。

(それでも女盛りの色気を残している)

そして、お節に告白された科白《せりふ》を思い出した。

──わたしね、ほんとうは銀さんに口説かれたかったのよ。

思わず清兵衛の顔がにやける。

じつは危うい関係になりそうなことが一度あった。

亡き父に、行状の悪さをひどく叱責され、それに反発して屋敷を飛び出したことがあった。そのとき、お節の店に行き、酔い潰れたまま泊めてもらったことがある。

お節と枕を並べて一晩過ごしたのだ。

しかし、何もしなかったし、できなかった。

（もし、あのとき手を出していたら……）

安江とは結ばれなかったかもしれない。

まあ、生きておればいろいろとあると、首を振って再び歩き出した。

「ただいま帰った」

玄関に入って声をかけたが、安江の返事はなかった。

「おい、いるのか……」

座敷にあがると、隣の部屋から声があった。

「お帰りなさいませ。ちょっと寒気がするのです」

か細い声でいうので、清兵衛が襖を開けると、安江が褞袍《どてら》にくるまって座っていた。

「どうしたのだ？」

「寒気がするので温まっているのです」

「それはいかぬ。横になったらどうだ。熱はあるのか？」

「熱はないと思います。夕餉の支度はできませんので、今夜はどこかですましてくださいませんか」

「それはかまわぬが……」

答えた矢先に、お節に案内された店が頭に浮かんだ。

「わたしはありものですませますので……」

「さようか、では布団を敷いてやろう」

「自分でやります。ひどくならないうちに治したほうがよいですからね」

「それはそうだ。では、薬を飲んで早く休みなさい」

清兵衛は葛根湯《かっこんとう》があったはずだと、居間の茶簞笥をあさり、水と薬を安江の部屋へ運んでいった。

「これを飲んで、横になればよくなるだろう」

「あとで飲みます」

すでに夜具に横になっていた安江は、そのまま目をつむった。

「大丈夫か……たしかに熱はないようだな」

清兵衛は安江の額に掌をあてた。

「寝ていればすぐに治ると思いますので……」

「何かほしいものがあったら遠慮なくいってくれ」

安江は何もないとかぶりを振る。清兵衛はそのまま部屋を出ると、縁側に立って空を眺めた。

暮れかかった空に鶯の声がひびいていた。

（安江はさほど心配ないようだから、やはり行ってみるか……）

あらためて家を出たのは、夕闇が降りはじめた頃だったが、木挽町に着いたときはあたりは暗くなっていた。

お節が手伝っている店には軒行灯《のきあんどん》がつけられ、暖簾が掛けられていた。店の名は「狸」となっていた。

「あら、銀さん、もう来てくださったの」

暖簾をくぐって入るなり、お節が嬉しそうに目を輝かせて迎えてくれた。

「近所だからな。それに今夜は外で食事をすることにしたのだ。せっかくだから来てみたのだ。こちらがこの店の……」

清兵衛は土間席に座って、板場にいる女を見た。

「たえと申します。もしや、さっきお節さんから聞いた方でしょうか……」

おたえと名乗った女主は、清兵衛とお節を交互に見た。

小柄だが肉置《ししお》きのよい女で、猫のように澄んだ黒い目をしていた。年は三十に届いていないようだ。

「そう銀さんよ。さっき話した人よ」

お節はそういってから、何にしますかと訊ねる。

清兵衛は酒をつけてくれと頼んだ。

「銀さんは御番所の旦那さんだったのですね。あ、銀さんなんていけませんね」

おたえはペロッと舌を出して、ばつが悪そうな顔で微笑む。感じのいい女だ。

「何と呼ばれようがいいさ」

清兵衛は壁の品書きを眺めた。

焼き魚や豆腐料理、刺身などがあった。柱には一輪挿しがいくつかあり、松葉菊と八重桜と躑躅《つつじ》の花が投げ入れてあった。いかにも女主の店という雰囲気だ。

お節が燗酒といっしょに筍《たけのこ》の煮物を運んできた。

清兵衛はおまえも一杯やれと勧めた。

「では、遠慮なく。その前に……」

お節が慣れた手付きで酌をしてくれた。

筍の煮物に箸をつけると、うまい。

鰹節が味を引き立てていて、醬油加減が絶妙だった。

料理を褒めると、板場にいるおたえが、

「みんな、お節さんに教わったのですよ。今日は天麩羅がありますが、どうでしょう」

と、勧め上手だ。

「さようか、ではもらおう」

清兵衛はついでに鯵の叩きと蛍烏賊《ほたるいか》の塩辛も注文した。

お節とおたえの間柄を酒を飲みながら聞いた。お節が店をたたむ少し前に、おたえが手伝っていたとわかった。その後、小金を溜めてこの店を出したという。

「ほんとうはできの悪い亭主と別れ、親にも手伝ってもらったんですけどね」

板場からおたえが話しかけてくる。

「すると、いまは独り身か。女手ひとつで商売とはなかなか大変であろう」

「あら銀さん、わたしも昔は女手ひとつでやっていたんですよ」

お節が茶々を入れてくる。

そうであったと、清兵衛は笑う。

昔のことや近況などと、話がはずみ、おたえの料理が運ばれてくる。

天麩羅はぜんまい・こごみ・椎茸だったが、さらっと塩をかけて食べると、酒の肴によい味だ。

鰺のたたきは、すりおろした生姜で食べる。蛍烏賊の塩辛は、おたえの手造りだった。

楽しい会話とうまい料理で酒が進み、清兵衛は少し酔ってきた。新規の客がやって来たのはその頃だ。

清兵衛はそれを機に勘定をしてもらい、

「いや、楽しいひとときであった。また寄らせてもらう」

おたえがよろしくお願いしますといえば、お節が贔屓にしてくださいと頼む。

「では、またただ」

「お気をつけて……」

清兵衛はお節に見送られて家路を辿った。

久しぶりに楽しい夜だったし、少し酔っていた。

「いやいや、お節もまだ色気のある女だ」

歩きながら独り言をいって、楽しいひとときの余韻に浸った。

「ただいま帰った」

玄関を入って声をかけたが、安江の返事はない。

「寝ておるのか」

そういって様子を見に行った。

安江は枕許に行灯をつけたまま寝ていたが、うっすらと目を開けて清兵衛を見てきた。

「具合はどうだ？」

「大分よくなりました。明日にはいつものように起きます。早くお休みください」

いつになくか弱い声でいわれ、清兵衛は気になったが、そのまま襖を閉めた。

三

翌朝、安江は体調が戻ったらしく、朝早くから台所仕事をしていた。

清兵衛が目を開けると、トントントンと包丁で何かを切っている音が聞こえてきた。

夜具を払いのけ、障子を開ける。

朝の涼気が気持ちよく、高らかにさえずる鶯の声が聞こえてきた。

空はよく晴れている。

「じつは昨日懐かしい人に会ったのだ」

朝餉の膳につくなり、清兵衛はそういった。隠し事はできないので、昔世話になった料理屋の女主・お節のことをさらっと話した。

「それはようございました」

安江は応じたあとで、小さく咳をした。

「かれこれ三十年ぶりだから、ちょうどわしが真之介の年ぐらいのときであろうか」

「それじゃわたしといっしょになる前ですね」

安江が味噌汁を出してくれた。具は刻んだ油揚げと蕪である。

「そなたといっしょになった頃は、もうその店から足が遠のいていた」

「あの頃はお役目が大変でしたからね」

安江は前に座って自分の飯をよそった。

「そなたも口うるさいわしの母上に往生していた」

「出来の悪い嫁でしたから、しかたありませんわ。コホコホ……」

「やはり風邪を引いているのではないか？　さっきから咳をしているだろう」

清兵衛は箸を止めて安江を見る。

「気にするほどではありませんわ」

「ならばよいが……」

二人は静かに食事を取った。

食事が終わると、清兵衛は書斎に引き取り、慣れない俳句をひねるがいっこうによい句はできない。

考える矢先に、お節の顔が頭に浮かぶ。

（この歳になって、どうしたことか……）

清兵衛は自嘲の笑みを浮かべて筆を置くと、日記を開いた。

これといって代わり映えのない毎日だから書くことは少ない。しかし、その朝はお節と出会ったことを短く書いた。

玄関のほうから安江が掃き掃除をしている音が聞こえる。近所の顔見知りに会ったらしく、朝の挨拶を交わす声も聞こえてきた。

「お昼はいかがされますの？」

しばらくして座敷から安江が声をかけてきた。

「うむ、どうしようか……」

「どこかで食べていらしたら。陽気がよいので外は気持ちがよいですわ」

「そうだな。では、少し歩いてこよう」

楽な着流しに着替え家を出るとき、台所にいた安江がまた咳をした。

「咳が止まらぬようだな。薬を飲んだらどうだ」

「そうします」

「うむ。では行ってまいる」

とくに行くあてはないが、これが日課のようになっている。日がな一日家にいると、安江が息苦しくなるのもわかっている。

ぶらぶら歩いているうちに、足は自然に木挽町に向かった。まだ昼前だからお節が手伝っているおたえの店はやっていない。

素通りしそのまま汐留橋の近くまで行って、茶屋で一休みした。

昨夜は若い頃の話で盛りあがった。おたえが興味津々の顔であれこれ聞いてくるから、お節はいわなくていいことまで話した。

「いまと違って銀さんも、若いときはやんちゃだったのですね」

おたえはまじまじと清兵衛を見て、いまは品のあるお侍にしか見えませんものと、言葉を足した。

「やんちゃというより、暴れん坊だったのよ。でも、筋は通していたわね」

「お節、もうその話はよそう。昔は昔だ」

清兵衛が遮ると、お節が勝手に自分のことを話した。それは清兵衛の知らないことで、お節なりの苦労がわかった。

大工棟梁の嫁になっていたが、それは後添いとしてだった。

亭主と若い大工の世話をしながら、店もつづけていたという。しかし、その亭主が労咳で死んだのを機に、店をたたんでいた。

「朝から夜遅くまではたらき通しだったけど、いま考えるとよく体が持ちました。でも、忙しくしているときは、張り合いがありました」

「お節さんは苦労が顔に出ない人なんですよ」

おたえがいえば、

「体もまだまだ元気でよ」

と、お節が言葉を返して笑った。

お節は神田に住んでいて、二日置きにおたえの店に手伝いに来ているのだった。

「この店が落ち着くまでは、お節さんの力を借りなきゃいけないんです。だから銀さん、よろしくね」

おたえはにっこり微笑んでいった。笑うとえくぼのできる女だった。

「お茶のお代わりいかがですか？」

店の小女の声で清兵衛は我に返った。

「ああ、もらおうか」

天気が崩れそうな雲行きになったのは、その日の暮れ方だった。風も吹きはじめ急に冷え込んだ。

その日も「狸」に行こうかと考えていたが、清兵衛は心の誘惑に負けず、おとなしく家に帰った。

安江の咳は相変わらずだったが、

「気にしないでください。喉がイガイガしているだけですから」

と、普段と変わらずにいう。

翌日の夜、清兵衛は再び「狸」の暖簾をくぐった。

早い時刻なので、他の客はいず、かしましくしゃべるお節とおたえの話を、楽しみながら酒を飲んだ。

そのときにおたえが三十で、十八のときにお節の店の手伝いをしていたというのを知った。

「この子、うちの亭主の下ではたらいていた大工に見初められましてね。それでいっしょになったのはいいんだけど」

「お節さん、その話はもう思い出したくないからやめてください」

おたえはそういいつつも、

「ほんとひどい亭主だったんですよ」

と、勝手に話し出した。

大工の吉松《よしまつ》といっしょになったのは、おたえが二十歳のときだった。二、三年は夫婦仲よくやっていたのだが、そのうち吉松の態度が変わり、何でもないのに汚い言葉でおたえを罵り、言葉を返そうものなら殴る蹴るの乱暴をはたらかれたという。

「それで親戚と相談して離縁だといって追い出したんです」

「ほう、勇ましいことを……」

清兵衛が感心すると、おたえはペロッと舌を出したあとで、

「ほんとうはわたしが夜逃げしたんです。あのままだと殺されると思ったから」

と、言葉を添えた。

「そんなにひどい亭主だったのか……」

「生き地獄でした」

おたえはさばさばした顔でいう。おそらく安楽な生活を手に入れたからだろう。

「おたえちゃんははたらき者でね。仲居仕事の傍ら針仕事を請け負って、それで小金を溜めてやっとこの店を出したのね」

「親に借金もありますけど……」

おたえはひょいと首をすくめて笑う。

「生きていればいろいろあるが、ここは居心地のよい店だ」

清兵衛が本心からいえば、

「どうぞ末永くご贔屓のほどお願いいたします」

と、おたえは頭を下げる。

四

清兵衛の「狸」通いはしばらくつづいた。

日をあける日もあれば、二日つづけて行くこともあった。あかるい女の店で、料理もなかなかの味だから、噂が広がったらしく、いつも決まったように口開けの客になっている清兵衛より早くやってくる客もあらわれた。

「もう、わたしが手伝うことはないわね。おたえちゃん、料理も覚えてくれたし、わたしにはもう教えることありませんから」

繁盛しはじめた店に安心したのか、お節はそういうようになった。

「でも、お節さんがいると助かるし、お節さん目あてのお客さんもいるのですよ。もう少し来てくださいよ」

おたえはお節にせがむ。

そばでやり取りを聞いている清兵衛も、お節がいなくなると、少しつまらないと思ったが、もちろん口には出さなかった。

その夜は新たに三人の客がやって来たところで、清兵衛は店を出た。見送りに

出てくれるお節が、冷たい風に肩をすぼめ、

「なんだか寒いですわね。暖かくなったり寒くなったりで変な天気……」

と、夜空を見ていう。

「まったくだ。では」

清兵衛はそのままぶら提灯を提げ夜道を辿った。

お節がいったように、たしかにこのところ寒暖の差が激しかった。

風は冷たいが、酒で火照《ほて》った体には、

(ちょうどよい、酔い醒ましだ)

と、清兵衛は勝手なことを胸中で漏らした。

「ただいま帰った」

玄関を入って声をかけたが、安江の返事はなかった。代わりにすぐそばの座敷で、コホンという咳がした。

「なんだ、そこにいたのか」

そういって安江を見ると、いつもと違う厳しい顔つきである。

「あなた様、お話があります」

安江は屹然《きつぜん》といって、膝の前の畳をたたいた。

ついでに、ゴホンと咳をする。

「いったい何だ……」

「わたしに何か隠していることがありませんか？」

清兵衛が腰を下ろすと、安江は射るような視線を向けながら言葉をついだ。

「このところどうも様子がおかしいですね。毎晩のようにご酒を召され、ご機嫌で帰ってみえる。鼻の下も長くなっています」

「何をいい出すのだ」

「ご自分の胸に手をあてればわかることではありませんか。日記を見ました」

「なに」

清兵衛は片眉を動かした。

人の日記を勝手に見るのは無礼であろうと、そういいたかったが、安江はたたみ込んでくる。

「お節さんとおっしゃるのですね。その方のことは聞きましたが、焼けぼっ杭に火でもつきましたか。このところ毎晩のように出かけられるので、おかしいとは思っていたのです。豆腐屋の清吉《せいきち》さんが、熱心に木挽町の小料理屋に足を運んでいらっしゃると、あなたのことをおからかいでしたよ。それも、女二人を相手に楽しそうだと」

「いや、それは……」

「このところわたしの体調が思わしくないのはご存じのはず。口では心配するようなことをいって、その裏でお楽しみでしたのね。あきれましたわ。まさか、そんな人だったとは思いもいたしませんでした」

「何を怒っているのだ。わたしは昔のよしみで……」

「昔のよしみも何も同じことです。わたしはこの年になって裏切られた思いです。もうわたしは役立たずのお払い箱ですか。だったらさっさと三行半《みくだりはん》を突きつけて、そのお節さんのところへ転がっていけばいいのです」

安江はコホコホと咳をしたあとで、興奮も手伝ってか「ごふぉ、ごふぉ」と胸を押さえ苦しそうな咳をした。

「大丈夫か……」

「心配いりません。わたしの体なんかどうでもよいのでしょう。酒臭い息を嗅《か》ぐと吐きそうになります。明日も明後日も木挽町のお店に通われるとよいのです」

安江はさっと立ちあがると、そのまま自分の寝間へ行き、ばちんと襖を閉めた。

清兵衛が半ば呆然とした顔で閉まった襖を眺めていると、また安江の激しい咳が聞こえてきた。

「何を怒っているのだ。わたしが何かしたか……」

一方的に責められた清兵衛は小さくつぶやいた。

たしかに「狸」に足繁く通ったのはよくなかっただろうが、安江があれほど怒るとは予想だにしないことだった。

（まあ、よい。明日の朝、もう一度話そう）

酔い醒ましの水を飲んで床に就いたが、なかなか寝つけなかった。

自分に落ち度があるのは認めるが、あれほどまで責め言葉を並べ立てられると、清兵衛としても腹が立つ。

腹立ちはあったが、酔いもあり、そのうち深い眠りに落ちた。

翌朝、表から聞こえてくる鳥の声で目を覚ました。

雨戸の隙間から光の筋が障子にあたっていた。ぼんやり天井を眺めると、昨夜のことが思い出された。

一晩寝たせいで冷静な頭になっている。

（女の嫉妬か……）

清兵衛は自嘲の笑みを浮かべ、素直に自分の落ち度を認め、安江にあやまろうと考えた。夜具を払って半身を起こしたが、家のなかはいつになく静かだ。普段なら安江が台所で立ちはたらく物音が聞こえてくるのだが、

(あやつ、まだ臍《へそ》を曲げているのか……)

清兵衛はやれやれという思いで寝間を出た。安江の部屋の前に行き、

「安江、もうすっかり朝だ。まだ怒っているのか……」

耳を澄ましたが、返事はない。もう一度声をかけたが、同じである。

清兵衛ははっとなった。

もしや、自分が寝ている間に家出をしたのではと考えた。

「安江」

さっと襖を開くと、うす暗い部屋に安江の夜具があった。安江も寝ている。

「なんだ、具合でも悪いのか?」

その声に布団が小さく動いて、安江が激しく咳き込んだ。

「おい、安江……」

「体が……体が……」

「なんだ、体がどうした?」

清兵衛は枕許に座って安江を見た。

うす暗がりのなかでも安江がびっしょり汗をかいているのがわかった。湿気った汗の臭いも感じられた。

清兵衛は雨戸を開けて部屋をあかるくして安江を見た。気《け》だるそうな顔をしている。目にも力がない。

「どうしたのだ」

そういってから安江の額に手をあててびっくりした。高熱である。

「これはいかぬ」

清兵衛はさっと立ちあがると、台所に行き、手桶に水を汲んで安江の寝間に戻り、手拭いを水につけて絞って、それを安江の額にあてた。

「これでは体がきついだろう。いま医者を呼んでくる」

安江はとろんとした目でうなずき、また咳をした。

五

「このところ暑くなったり寒くなったりと、妙な陽気であったから、そのせいであろう。なに、心配はいらぬ。熱はじきに下がるだろうから、滋養のあるものを食べさせてあげなさい。当分は食が細いだろうから、粥などがよかろう。それから薬を置いていくので朝晩飲むように……」

安江の体を診立てた医者は、湯涌で手を洗ってから咳止めと熱冷ましの薬を置いて帰った。

「質《たち》の悪い風邪らしいが、そう心配することはなさそうだ」

清兵衛は医者を送り出してから安江の枕許に戻って、布団をかけ直してやった。

「ゆっくり休んでおれば熱も下がるだろう」

安江は気だるそうにうなずいて目を閉じ、そのうち小さな寝息を立てた。

清兵衛は粥を作るために竈《かまど》に薪《まき》をくべ、それから残り飯がないか、お櫃を見たが空っぽだった。

飯釜に米を入れ、研ぎはじめる。

しかし、いかほど研げばいいか要領がわからない。ここは勘で作るしかないと開き直り、飯釜に水を入れるが、今度はその分量がわからない。

「どうやって飯を炊くのだ。……このくらいでよいのか……」

ぶつぶつ独り言をいいながら、目分量の水を入れて、飯釜を竈にかけた。

台所の上がり口に座り、煙管をふかし、ときどき薪を動かして火加減を調《ととの》える。

そのうち蓋が持ちあがり、蒸気が漏れ、白い泡がこぼれてきた。

清兵衛は薪をくべて火に勢いをつけさせる。

そのうち白い泡が乾いてきた。このぐらいでいいだろうと思って、釜の蓋を取る。ふわあっとした蒸気が顔を包み込んだが、

「あれ……」

清兵衛は顔をしかめた。

飯が焦げている。つまんで口にすると固い。だが、食べられないことはない。こそぐようにして炊けた飯を丼に移す。飯の半分はおこげだ。

焦げ目のないところを丼に入れ、沸かした湯をかけた。それに梅干しを添える。

他に何か入れるのか？

実際自分で作ってみると、よくわからない。とにかくそのまま小盆に載せて安江の枕許に運び、

「安江、飯ができた。少しは食べたほうがよい。薬も飲まなければならぬ」

声をかけると、安江が目を開けた。

清兵衛は手を貸して半身を起こさせた。

「粥だ。食べなさい」

安江はうつろな目でうなずき、丼を持って箸を使ったが、すぐに手を止めた。力ない目を向けてくる。

「これはお粥ではありません。湯漬けです。それにお米が固すぎます」

「なに……？」

「でも、少しは食べないといけませんね」

安江はやはり食が細かった。少し食べただけで、もう結構だという。

「それでは病に勝てぬぞ」

「食べられないのです」

「では、薬を……」

安江は薬だけは飲んでくれた。

清兵衛は横になった安江の額に濡れ手拭いを置いて、しばらく様子を見た。辛そうである。高熱なので体がだるいのだろう。辛そうだが、そのうちに寝入った。

清兵衛は台所に戻ると、味噌汁を作った。

浅蜊か蜆《しじみ》があれば具にできるが、そんなものは見あたらない。

（よし、今日は蜆を買おう）

安江の体にもよいはずだと思う。

結局、味噌汁の具は蕪にした。小さく切り刻んで沸騰した鍋に入れ、味噌を足すが、また分量がわからぬ。

「味噌はいかほど入れればよいのだ」

独り言をいって適当に入れてかき混ぜた。

汁椀に味噌汁を注ぎ、飯をよそって、梅干しだけの朝餉にした。

飯を頬張ると、固い。

「うっ……」

水が足りなかったのかと思うが、安江にこんなものを食べさせたのかと後悔した。

味噌汁をすすると、いきなり噴き出しそうになった。しょっぱすぎるのだ。それに蕪がまだ煮えていない。

「味噌が多かったか……」

ため息をつき、我慢して食べたが、残してしまった。

安江の寝間のほうに顔を向け、

「すまなんだ」

と、頭を下げた。

洗い物をすますと、安江の寝間近くに座る。

耳を澄ますと、ときどき安江が寝返りを打つのがわかった。苦しそうなため息も聞き取れた。

（熱があるから、さぞや辛いのだろう）

清兵衛は目をつむった。

妻のありがたさが身にしみる。いや、それはいまにはじまったことではない。自分が労咳になったときだ。じつはそうではなかったのだが、すっかり胸を患っていると信じ込んだ。

町奉行所与力を辞職し、治療に専念するために、いっとき根岸で療養生活を送った。

「いっしょにいるとそなたにうつる。わしのことはかまわずともよい」

根岸に移る際、清兵衛は安江に留まるようにいったが、

「では、あなたの面倒は誰が見てくださるのです。人を雇えば、その方にうつることになります。わたしはうつってもかまいません」

留まれといっても安江は聞かなかった。

仕方なく根岸に借りた家で、二人だけの生活がはじまった。当初、清兵衛は日がな一日寝ていることが多かった。

安江はそんな清兵衛のことを甲斐甲斐しく看病してくれた。精をつけなければならないと、玉子や魚などをふんだんに食べさせてくれた。

寒い冬には火鉢の火が消えないようにと、何度も起きてきては炭を足してくれた。暑い日にはそばに寄り添って、団扇《うちわ》で風を送ってくれた。

清兵衛は知っていた。安江が近くの寺でお百度を踏んでいたことを。雨の日も風の日も寺に行って、夫の病が治るようにと祈りつづけていた。

そんな妻の献身的介抱があって、清兵衛の咳は止まり、顔色もよくなり体力も戻った。

再度の医者の診立てで労咳ではなく、咳気だったのだろうといわれたときは拍子抜けしたが、

「本復したのは、安江、そなたのおかげだ。ありがとうよ」

と、心から妻に感謝した。

障子にあかるい日が射し、庭から風が吹き込んできて、清兵衛は現実に戻った。そんな良妻がいるというのに、おれは年甲斐もないことをしてしまった。たしかにお節との邂逅《かいこう》は嬉しかった。気の緩みで昔のよしみとはいえ、気をよくして「狸」に通ったのはよくなかった。慎むべきであった。

自分は隠居の身であるし、稼ぎもないのだ。夜な夜な小料理屋に酒を飲みに行く身分ではない。

（すまなかった）

楽しいが故に、安江という存在を忘れかけていた。

（いや、忘れていたわけではない）

清兵衛はふうと嘆息した。

正直な気持ち、朝から晩まで妻といっしょにいることに息苦しさを感じていたのだ。だから、その逃げ場を探したのだ。

（いかぬ、いかぬな）

清兵衛は唇を噛んだ。

ごふぉごふぉと、安江が咳き込んだ。清兵衛はさっと襖を開け、

「大丈夫か……」

と、声をかけた。

安江はうっすらと開けた目を向けてきて、大丈夫だというようにうなずいた。

六

安江は意味のわからない夢を見ては、目が覚め、また深い眠りに落ちるのを繰り返していた。自分の額に手をあて、まだ熱があるのを自覚する。

厠《かわや》に立つために、夜具を払うと、すぐに襖が開けられ夫の顔がのぞいた。

「いかがした？」

「厠へ……」

よろけそうになりながら立つと、さっと清兵衛が肩に手をまわし、支えてくれる。

「もうここまでで……」

厠の近くまで行って、安江は遠慮をした。

用を足している間も、清兵衛は近くに座っており、手水《ちょうず》を使うときは、手拭いを出してくれ拭いてもくれる。

そのまま寝間に戻ると、そっと布団をかけ直してくれた。

「昼は少し滋養のあるものを食べよう」

清兵衛はそういって部屋を出て行った。

安江はうつろな目で天井を見るが、短く咳き込み、目をつむった。熱が体の力を奪っているのか、すぐに眠りに落ちる。

つぎに目が覚めたときには、寝汗をかいていた。

半身を起こして、着替えようとすると、さっと襖が開く。

「いかがした？」

「汗をかいたので、着替えようと思うのです」

「よし、そこにおれ」

清兵衛は小気味よく動き、着替えの寝間着を探して肩にかけてくれる。ついでに乾いた手拭いで汗を拭いてもくれる。

「まだ辛いか。いかんな、まだ熱がある」

清兵衛はそういって安江を寝かせ、水に浸して絞った手拭いを額にあてた。

そんな夫の介抱に感謝しながら目をつむると、また深い眠りに落ちた。

それからいかほどたったのかわからないが、枕許に清兵衛がいて、

「安江、昼だ。薬を飲まなければならぬ。その前に少し食べてくれ」

清兵衛は粥を持ってきていた。

また朝のものと同じではないかと思ったら、今度はちゃんとした粥だった。梅干しが白い粥のなかに入っていて、その赤い汁がうっすらと浮かんでいる。

「おいしゅうございます。これをご自分で……」

熱を持ったうるんだ瞳を向けると、清兵衛は首を振った。

「作り方がわからぬから、隣のおかみに聞いたのだ」

清兵衛は照れくさそうにいって、さあ食べろと勧める。

その日の午後、安江は夢も見ずに深い眠りに落ちた。

目を覚ましたときには、障子にあたる日が翳っていた。鳥たちは日が暮れるのを惜しむように鳴いている。

体は朝より楽になっていたが、それでも熱があるのを自覚した。しかし、寒気は朝ほどではなかった。

「起きたか」

ふいの声にドキッとした。

襖の向こうから清兵衛が声をかけてきたのだ。

「具合はどうだ?」

「朝よりましになりました」

「それはよかった。だが、無理は禁物。ゆっくり横になっておれ」

清兵衛がそういって遠ざかるのがわかった。

ほどなく台所のほうから、物音が聞こえてきた。

(お料理を……)

安江は手をかけさせたくないと思い、起きあがろうとしたが、ふらっと目眩《めまい》がした。

(いけない)

そのまま体を倒して深く息を吐いた。

目眩はすぐに治まったが、立ちあがる気力を失っていた。あきらめて目をつぶる。

それからしばらくして、襖の向こうから声がかかった。

「安江、夕餉だ」

襖が開けられ、清兵衛が盆を運んできた。

タクアンと若布の味噌汁、そして飯碗には鰻がのせられていた。

「滋養が大事だ。咳はずいぶん治まったようだな。さあ、食べろ」

清兵衛が半身を起こしてくれる。箸も持たせてくれる。

「鰻を……」

「買ってきた。体が一番だ。こんなときにケチをしてもはじまらぬ」

「すみません」

安江は小さく頭を下げて、鰻を食べた。

美味である。鰻を食べるのは久しぶりだった。だけど、平らげることはできなかった。

味噌汁をすすると味がよかった。

「これも……」

安江はうつろな目を清兵衛に向ける。

「うむ、やはり隣のおかみから伝授してもらった」

「おいしゅうございます」

そうはいっても食は細かった。薬を飲むと、また横になった。

「あなた様、申しわけありません」

額に冷たい手拭いを乗せてくれる清兵衛に礼をいった。

「何をいうか。さ、ゆっくり寝るのだ」

安江が目を閉じると、清兵衛は寝間を出て行った。少しだが食事を取り、薬を飲んだことでまた眠りに落ちる。

つぎに目が覚めたときには、部屋のなかは真っ暗だった。それでも襖の向こうに人の気配がある。

清兵衛が座っているのだ。

「あなた様……」

声はかすれてか弱かった。妻をいたわる夫の思いやりが心にしみた。

何か声をかけようとしたが、目をつむるとまた眠りに落ちた。

夜中に目を覚ました。

いつの間にか、枕許の行灯がつけられていた。

炎の揺らめきが影になって壁に映っている。じじっと、行灯の芯が鳴る。

(夫はまたそこにいる)

襖を見て、清兵衛が座っているのを感じ取った。

つぎに目を覚ますと、表から鳥のさえずりが聞こえてきた。雨戸の隙間には夜明けの光がある。

安江は体が楽になっている自分に気づいた。額に手をあててみる。熱がない。

（治ったのだわ）

安江は嬉しくなった。咳もしない自分に気づきもした。

襖の向こうから小さな衣擦《きぬず》れの音が聞こえた。

安江ははっとなってそっちを見た。

（ずっとそこに、そこにいらしたのですか……）

清兵衛はまんじりともせず、自分を見守ろうと、襖の向こうに座っているのだ。

おそらく一睡もせずに、襖の向こうで付き添ってくれていたのだ。

安江は胸をつかれた。自分らしくもなく、夫を責めたことを後悔した。少しは寛容になって、見て見ぬ振り、聞いて聞かぬ振りをしておけばよかった。

三十年ぶりに会ったという女の人のいる店に、足繁く通う夫に腹を立て、そして見も知らぬその女に嫉妬したのだ。

（あなた様……）

安江はゆっくり夜具を払って半身を起こした。

同時に襖が開き、

「いかがした？」

と、清兵衛が顔をあらわした。

「はい、体が楽になりました。熱も下がったようです」

「さようか、それはよかった」

清兵衛は心底安堵した顔になってうなずいた。

「あの……」

「なんだ？」

「つまらぬことを申しました。あなた様を無用に責めたりして、恥ずかしいです」

「何をいう。わたしのいたらなさだ。それをそなたが戒《いまし》めてくれた。悪いのはわたしのほうだ」

「いいえ……」

つぶやいたとたん、夫の深い思いやりが琴線に触れた。涙があふれた。

第三章　悩む男

一

北町奉行所の臨時廻り同心・宮川辰之進《みやがわたつのしん》は同心詰所に入ると、いつもの席に座り、上役同心の指図を待った。

詰所は表門を入った右の建物にあり、探索やよほどの用がないかぎり毎朝出仕しなければならない。

臨時廻り同心は、常時市中を巡回する定町廻り同心とほぼ同じ仕事をするが、臨時廻りには定町廻りを勤めあげた者が配置されるのが常であった。

しかし、宮川は風烈廻りから臨時廻りにやってきた者で、いささか体裁が違っていた。他の同心はこれまで同じ犯罪捜査を協力し合った者で、いわば〝同じ釜の飯を食ってきた〟という同志意識を持っていた。

よって宮川は肩身の狭い思いを強いられていた。

「どうぞ」

若い見習同心が茶を出してくれた。

「かたじけない。少しは慣れたか？」

宮川はにきび面の見習同心に声をかける。

「はい、少しずつですが慣れてきました」

「粗相《そそう》のないように、よく励むことだ」

見習同心は「はい」と、返事をして嬉しそうに微笑む。

詰所には十人ほどの同心がいて、その日の打ち合わせを終えて出かけたり、また新たに他の同心が入ってきたりする。

宮川が茶に口をつけたとき、同じ掛の同心・深野勇次郎《ふかのゆうじろう》が入ってきた。ちらりと目が合ったので、宮川は少し顔をこわばらせて挨拶をした。深野は返答せず、不遜な顔のまま近くに座ったが、宮川を嫌うように背を向けている。

（なぜこの人は……）

宮川は心中でつぶやき、深野の広い背中を見る。

詰所は障子越しの朝の光で満たされているが、宮川の心は暗くなった。深野の自分に対する冷淡な態度が解せないからだ。

（なぜ、仲良くしてくださらぬのだ）

このところそんな思いを抱いている。何が原因で冷たくされるようになったのか、思いあたる節がないのだ。

しばらくして丹羽茂十郎《にわしげじゅうろう》が入ってきた。指導役の年寄格である。

「これへ」

丹羽は腰を下ろすなり、配下の同心をそばに呼んだ。

臨時廻りは六人である。

「とくにこれといったお指図はない。いつものように見廻りに出てもらう」

配下の同心五人は、うなずいたり軽く叩頭したりして、すぐに立ちあがった。

宮川も他の同心に倣《なら》って詰所を出た。

門を出ると、下役の小者が一人ついてくる。

表門を出てすぐのことだった。

「宮川……」

先に奉行所を出た深野が立ち止まって声をかけてきた。その目は禍々《まがまが》しい。ただでさえいかめしい武骨な顔なので、宮川は緊張を禁じ得ない。

「なんでございましょう」

「こっちへ来い」

深野は顎をしゃくり、人目を嫌うように堀端まで進んで振り返った。

「いつまでも、いい気になっているな。おれは黙っておらぬぞ。暗闇には気をつけろ」

深野は釘を刺すように、そういっただけで背を向けた。

「お待ちください」

深野が黙って振り返る。

「なぜ、さようなことをおっしゃるのです。何かわたしが失礼なことをいたしましたか。気づかずに無礼があったなら、そのことを教えてください」

「おのれで考えろ。うすら馬鹿め」

深野は短く吐き捨てると、そのまますたすたと歩き去った。

（うすら馬鹿……）

胸中でつぶやく宮川は、口を引き結び拳をにぎりしめた。

深野は四十六歳で、宮川は一つ下なので、同心としても一人の人間としても敬わなければならない。しかし、いくら先輩同心だとしても、暴言を吐かれては心穏やかではない。

その日の務めを無事に終えた宮川は、八丁堀の組屋敷にはまっすぐ帰らず、音羽町にある「吉乃」という小料理屋に立ち寄った。

店は通一丁目新道から楓川に向かって、二町ほど歩いた左手にある。

近くには縄暖簾もあれば、同じような小料理屋があり、日が暮れるとそれらの店のあかりが、路地を染める。

場所もよいので近所の店者や職人、そして侍の客も少なくない。ときに宮川と同じように八丁堀に住まう与力や同心も立ち寄る店だった。

「深野さんが、そんなことを……」

宮川の話を聞いた中島又三郎《なかじままたさぶろう》が、口許で盃を止めたまま見てくる。いまは吟味方にいるが、かつては宮川と同じ風烈廻りだった。

「わけがわからぬのだ。おれには何も落ち度がないはずなのだが、あの方が勝手におれを毛嫌うように避け、ときに意地の悪いことをいわれる」

「だったらはっきりと、そのわけを教えてもらえばよいだろう」

「今日聞いたのだ。すると、禍々しい目でにらみつけられ、うすら馬鹿といわれてしまった」

「ひどいな……」

「同じ掛だから、妙な仲違いもしたくないのだが、暗闇に気をつけろともいわれた」

「どういうことだ。まさか、深野さんがおぬしを斬るということではないだろう」

「ほかにどう解釈すればよいのだ。もし、闇討ちをかけられるようなことがあったら、おれはそのときは黙っておらぬ」

「おいおい、物騒なことを申すでない。御番所の同心同士が斬り合いをやったら、大事だ。それに無事にはすまされぬ。まあ、頭を冷やせ。おぬしに落ち度がなければ、いずれ深野さんの接し方も変わるだろう。波風を立てぬようにしておればよいではないか」

「気楽なことを……おれとて波風など立てたくはないわ」

まったく相談相手にならぬやつだと、中島から顔を逸らし、

「おきみ、酌をしてくれぬか」

と、女主に声をかけた。

おきみは面立ちは並だが、三十年増にしては姿がよく気立てがよいので、おきみ目あてに来る客もいるようだ。

「なんだか真面目にお話しになっていたので、お邪魔しちゃ悪いと思っていたのですよ。さ、どうぞ」

おきみは口許に笑みを浮かべて酌をしてくれる。

そのとき、がらりと戸が開けられた。

なんと中島と話をしていた深野勇次郎だった。

「あら、深野様、いらっしゃいませ」

おきみが愛嬌のある顔を振り向けたが、深野はぎらつくような視線をおきみに向け、そして短く宮川を射るような目でにらみつけると、ばちんと戸を閉めて去った。

「なんだ失礼なやつだな」

他の客が小言をいうのを聞きながら、

「深野さんはよく見えるのか？」

と、宮川はおきみに訊ねた。

「ときどきお見えになるんですよ。でも、どうしたのかしら……」

おきみは残りの酒を注《つ》いでくれた。

二

「日に日に暑くなってくるな」

清兵衛は扇子であおぎながら、おいとに話しかける。甘味処「やなぎ」の床几に座っているのだった。

「もうすぐ川開きですからね」

「そうか、もうその時季であったか。すっかり忘れておった。それじゃ一度いっしょに花火見物にでも行くか」

「ほんとうですか。桜木様とでしたら喜んでお供いたしますよ。おっかさんも桜木様だったら安心でしょうから」

「おいおい、それはどういう意味だ。わたしとて男だぞ」

「いっぱい年が離れているではありませんか」

「まあ、わたしは年寄りだからな」

「でもおじいさんまでには、まだまだですわ。桜木様は年より若く見えるもの」

「お世辞でも嬉しいことを……」

「ほんとうですよ」

おいとがそういって屈託のない笑みを浮かべたとき、奥から「おいと、お客さんだよ」という声がかかった。

おいとはペロッと舌を出し、首をすくめて板場に戻った。

「そうか川開きか……」

清兵衛は真っ青に晴れた初夏の空を眺めた。

川開きは五月二十八日で、その日から八月二十八日まで川涼みができるようになる。その期間、大川沿いの屋台店が許され、納涼船の航行も自由になる。

また、川開き初日には花火が打ちあげられ、その期間のはじまりを告げる行事があった。

この日を境に、両国橋の近くで毎日のように花火があがることになる。

清兵衛が「やなぎ」を離れ、鉄砲洲の河岸道をぶらついて家に帰っていると、背後から声をかけられた。

「桜木様」

振り返ると、かつて自分の配下にいた宮川辰之進が立っていた。

「これは宮川ではないか。めずらしいな」

「ご無沙汰をしております。息災のようで何よりです」

「おぬしも変わりないようだな。どうしたのだ、今日は非番か？」

「はい、折り入って相談したいことがあるのです」

「相談……ま、よかろう、家はすぐそこだ。安江も喜ぶだろう。しかし、ここがよくわかったな」

「真之介殿に聞きまして……」

「さようか、ま、話は家で聞こう」

清兵衛が玄関に入るなり、

「おい、安江。宮川が顔を見せに来たぞ」

と声をかけると、奥の台所から下駄音をさせて安江があらわれた。

「あら、宮川さん、お久しぶりではありませんか」

安江が頰をほころばせば、宮川も笑みを返して、

「お元気そうで何よりです。それに相も変わらずお美しい」

という。

「ま、いつからそんなお世辞がいえるようになったのです。とにかくおあがりください。いま茶を淹れますから」

清兵衛は風通しのよいあかるい座敷に宮川をいざなって、向かい合って座った。

「いまは臨時廻りにいるのだったな」

「さようです」

「他の者たちも元気だろうか？　しばらく顔を見ていないので、どうしているだろうかと思っていたのだ」

「桜木様の下にいた者は、風烈廻りから外れ、それぞれに散っていますが、元気でやっております」

宮川から近況を聞いていると、安江が茶を運んできた。

「奥様もお元気ですか？」

安江が宮川に訊ねる。

「はい、元気だけが取り柄の女ですから。桜木様の家に行ってくるというと、奥様によろしく伝えてくれといわれました。何もありませんが、これを……」

宮川は手土産の茶を安江にわたした。

「こんな気など遣わなくてよいのに。暇なときはいつでも遊びにいらしてくださいな。この方は暇を持て余し、ついでに大きな体も持て余して退屈しているのですよ」

「これ、余計なことをいうでない」

清兵衛は笑いながら安江にいったあとで、

「何やら折りいっての相談があるそうな。席を外してくれるか」

と、人払いをした。

「また、殿方たちの悪巧みではないでしょうね」

安江は軽口をたたいて下がった。

「それで相談とは何だ？」

清兵衛が水を向けると、宮川の顔から笑みが消えた。

三

「とにかくわたしには悪意もなければ、貶《おとし》めるようなこともしていませんし、礼を失したこともないのです。とにかくこのままではいけないと思いますし、どうすればよいのかわからなくなりまして……」

　宮川は話し終えたあとで、言葉通り困り切った顔をした。

「ふむ。何がもとで、深野がさような態度を取るようになったかだな。他の同心たちとはどうなのだ？」

「わたしは以前と変わりなく接していますし、相手にも変わった様子はありません」

「すると、深野の風当たりは、おぬしにだけ強いということか……」

「ま、そうなります」

「ふむ、どうしたことかな……」

　清兵衛は短く宙に視線を泳がせて考えた。

「しかし、暗闇に気をつけろというのはいただけぬな。同じ同心でありながら、同じ掛の者にいう科白ではない」

「まったくでございます」

「ただの脅しではないのか……」

「脅しだとしても言葉が過ぎます。いざとなったら、わたしとて黙ってはいませんが……」

　宮川は悔しそうに口を引き結ぶ。

自分の下についていた宮川のことを、清兵衛はよく知っている。おとなしげな顔をしているが、かなりの手練《てだ》れであるし、いっしょになって何度も罪人を捕縛している。

そんなとき、これが宮川かと驚くほどのはたらきをした。凶悪な殺し屋にも一切の怯《ひる》みも見せず、敢然と戦う男なのだ。

「宮川、早まったことを考えてはならぬ。おぬしに落ち度がなければ、深野は何か勘違いしているのかもしれぬ。あるいは……」

「なんでしょう……」

宮川が身を乗り出してくる。

「うむ、人はわからぬものだ。おのれに害を加えられなくても、相手も気づかぬ些細なことを気に病み、あげく恨みを抱くということもある」

「すると、わたしが深野さんの癇に障る何かをしたということでしょうか。まさか、わたしにはまったく覚えのないことです」

「おぬしになくても、深野にはあるのかもしれぬ」

「それは何でしょう？」

「おいおい。それはわしに聞かれてもわからぬことだ」

「ま、そうですね」

宮川はうすい眉を垂れ下げる。

「しかし、何かなければ深野もそんな接し方はしないはずだ。あれは定町廻りで揉まれ、それから臨時廻りに移った男だ。相応に年も食っているから分別もある。おぬしに辛くあたるのは、おぬしも気づかぬ出来事があったと考えるしかない」

「承知しました。もう一度考えてみます」

宮川は視線を落としたあとで、さっと顔をあげた。

「一度深野さんを問い詰めてみようかと考えているのですが、桜木様はどう思われます？」

「気持ちは察するが、いましばらく様子をみたらどうだ。深野のほうから何かいってくるかもしれぬだろう。おぬしに心あたりがなければ、常と変わらぬようにしておればよいと思うが……」

「わかりました。では、しばらく様子を見ることにします。桜木様に話して少し気が楽になりました、ありがとう存じます」

「役に立ったとは思わぬが、わしでよければいつでも来るがよい」

「はい」

宮川が帰っていくと、清兵衛はしばらく考えた。

深野勇次郎が定町廻りのやり手同心だったというのは、清兵衛もよく知っている。それに、何度か酒を飲んだこともある。体も大きく勇猛な同心だ。小さなことに拘《こだわ》るような男ではない。

そんな男が、宮川一人に対して陰湿に接するというのがわからない。

清兵衛はかつて「風烈の桜木」と呼ばれるほど、有能な与力だった。配下の同心に慕われると同時に、面倒もよく見た。

深野は宮川から聞いたような男ではなかった。

すると、

(宮川ではなく、深野に何かあったのか……)

そう思えてきた。

「安江、ちょっと出かけてくる」

外出を告げたのは、それから間もなくのことだった。

まだ日は高い。おそらく八つ半(午後三時)をまわった頃だろう。

風が青葉の香りを運んでくる。

初夏の日射しは和らぎ、風が心地よい。

清兵衛が向かったのは、北町奉行所である。しかし、呉服橋御門手前の茶屋に腰を下ろした。そこから堀の向こうにある北町奉行所が見える。

待つのは吟味方与力の大杉勘之助《おおすぎかんのすけ》だった。

清兵衛とは幼い頃からの付き合いで、互いに「勘の字」「清兵衛」と呼び合う仲だ。

吟味方は内役なので、多忙でなければ七つ（午後四時）には奉行所を出てくるはずだ。清兵衛は日除けの菅笠《すげがさ》を被っていた。町奉行所には知り合いが多い。顔を合わせればいちいち挨拶をしたり、相手をしなければならない。それは面倒である。

茶をお代わりしたところで、七つの鐘がお城の上に広がり空にこだました。

ほどなく、表門から与力らが出てくる。門前で待っていた槍持ち、草履取りや若党が、挟箱持ちの小者と出てきた主を迎えて河岸道から呉服橋に向かってくる。一人が出てくると、つぎからつぎへと与力たちが姿をあらわす。大杉勘之助があらわれたのはすぐだった。

清兵衛は茶に口をつけて、橋をわたってくる勘之助を待った。

目の前を魚屋の棒手振《ぼてふり》が通り過ぎたとき、勘之助が橋をわたってきた。

清兵衛はゆっくり立ちあがると、勘之助に近づいた。

「なんだ、おぬし」

気づいた勘之助が少し驚き顔をした。

「愛想のないやつだ。おぬしを待っておったのだ」

「何かよい話でもあるか。だが、そうではないだろうな」

勘之助は色白の長い顔に苦笑を浮かべる。

「ちょいと付き合ってくれ」

清兵衛がいうと、勘之助は供の若党らへ先に帰っておれと命じ、

「一杯やるか」

と、誘ってきた。

「よかろう」

「おぬしの奢《おご》りだぜ」

勘之助はにかっと笑う。

四

呉服橋から少し南に下り、通二丁目に向かう路地を入って行くと、小さな稲荷社がある。その前に小体な料理屋があった。土間の広い店で、飲食をする床几が六席ほどある。

清兵衛は人の耳を嫌って、片隅の席で勘之助と並んで座った。

「それでいったい何だ？」

短い世間話をしたあとで、勘之助が盃を口に運びながら聞いてきた。

「臨時廻りに深野勇次郎という同心がいる。知っているな」

「やつがどうかしたか？」

「同じ臨時廻りにいる同心の宮川から、ある相談を受けたのだ」

「宮川……おぬしの下についていた同心だな。それで……」

清兵衛は宮川から受けた相談をかいつまんで話した。

話を聞く間、勘之助は銚釐《ちろり》の酒を手酌し、煙管を吹かしながら、口も挟まず真面目な顔で聞き入っていた。

「同心同士の諍《いさか》いってわけか……」

話を聞き終えた勘之助は、煙管を灰吹きにぽんと打ちつけて清兵衛を見た。

「深野が宮川を斬るのではないかと、それを怖れているのだろう」

「そんなことになったら大事だ。深野は定町廻りを長くやった練達者だが、宮川とてかなりの腕を持っている。もし斬り合いになれば、双方無事にはすむまい。無論、そんなことはあってはならぬが、宮川は深刻に悩んでいる」

「おぬしもあきれたものよ。わざわざ、そんな相談をおれに……」

「勘の字、そんなとは何だ。おれは真面目に話しているのだ」

「わかっている、わかっている。だが、おれに何をしろというのだ？」

この辺は長年の付き合いで、あうんの呼吸である。

「いろいろ考えたのだが、宮川は自分には何の落ち度もないという。しかし、何かがなければ深野も冷たくは接しないはずだ」

「てことは、深野のことを調べてくれと、さようなことか」

「さようなことだ」

「わかった。ちょいと探ってみよう」

話は早い。

「だが、このことかまえて他言ならぬぞ」

「清兵衛、おれにそんなことということはないだろう。いわれるまでもないではないか」

「ま、そうだな」

清兵衛は酒に口をつけた。

「それで奥方は息災か？」

「元気だ。先日ひどい風邪を引いたが、すぐに治った」

「それはなによりであった。しかし、いま聞いた話だが、たしかに放ってはおけぬことだ。万が一のことがあれば、お奉行はおろか御番所の面体に関わることだ」

「面倒であろうが、よしなに頼む」

清兵衛は勘之助に酌をしてやった。


その夜、五つ（午後八時）をまわった頃だった。

宮川の組屋敷に町奉行所からの使いがやって来た。

「なに捕物だと」

「はい、助《すけ》を頼みたいとのことです」

「それでどこへ行けばよい？」

宮川はそういいながらも、住み込みの小者・平吉《へいきち》を振り返って、支度をしろと目顔で命じた。

「南新堀一丁目の入江屋という小間物屋でございます。湊橋のすぐそばです」

「相わかった。すぐに行く」

宮川は使いの小者を返すと、早速支度にかかった。

久しぶりの捕物出役である。

相手は辻斬りをしていた悪党で、これは定町廻り同心がひそかに内偵をつづけ、やっとその居場所を確定したのだった。

しかし、夜分でもあるから捕り方を集めるのに手間がかかる。無駄な手続きを踏めば時間の無駄である。

定町廻りは一気に捕縛したいが故に、臨時廻り同心の手を借りたいのだった。

支度を終えた宮川は妻と子に、遅くはならぬだろうといい置くと、そのまま組屋敷を飛び出した。小者の平吉が提灯を持ってついてくる。

定町廻りが捕縛しようとしている辻斬り犯は、赤松弐壱《あかまつにいち》という浪人だった。元は下町の撃剣道場の師範代を務めていたというから、油断のできない相手だ。

「助は何人いるのでしょうかね」

小走りに駆けながら平吉が聞いてくる。

「さあ、何人いるだろうか。それより、うまく取り押さえることが肝要」

宮川は久しぶりの捕物に気を引き締めていた。

向かう入江屋は湊橋のそばだというから、八丁堀の組屋敷から近い。

急ぎ足で霊岸橋をわたると、日本橋川に架かる湊橋が夜の闇に浮かんで見えた。

提灯を持って歩く人の影が三つあり、それは箱崎町のほうへ消えた。

湊橋のそばに行くと「こっちです」と、宮川に気づいた工藤半之助《くどうはんのすけ》という同心の小者が近づいてきた。

「助は？」

「宮川様と深野様です。他の方には連絡《ツナギ》ができませんで……」

宮川は深野と聞いて、

（よりによって同じ捕物に付き合うとは……）

胸の内で舌打ちした。

入江屋という小間物屋は表戸を閉めているが、屋内のあかりが戸板の隙間から表にこぼれていた。

「こんな時分に申しわけありません」

同心の工藤半之助が闇のなかから、足音を忍ばせて近づいてきた。平身低頭するのは、臨時廻りには定町廻りを長年勤めてきた者がつくことが多いからだ。

宮川は風烈廻りからの転任だが、それも同じことである。

「店には、赤松弐壱の他に誰がいるのかわかっているのか？」

「おそらく主夫婦がいるはずです。下手に押し込めば、その夫婦の命が危ないかもしれません」

「赤松と店のつながりはわかっているのか？」

工藤は首を振った。

「まさか、仲間ではなかろうな」

「それはないはずです」

すると、夫婦に危害が及ばないよう神経を使わなければならない。

「赤松がその店にいるのは間違いないのだな」

宮川は夜の闇に包まれている入江屋を見ながらつぶやく。

「赤松が入江屋に入ったのを、下っ引きがしっかり見ているのです」

下っ引きは、工藤が使っている岡っ引きの手先のことである。

「深野さんはどこだ？」

宮川はさっきから目を凝らしていたが、深野勇次郎を確認できなかった。

「裏口を見張っています」

工藤がそう答えたときだった。

店の裏から怒鳴り声が聞こえてきた。

「野郎ッ！」

五

怒声とともに先の路地からひとりの男が飛び出してきた。

片手で白刃を閃かせ、立ち止まるなり、黒い影に撃ちかかった。だが、撥ね返されるなり、後ろに飛びすさった。

黒い影は深野勇次郎だ。

宮川と工藤はとっさに刀を抜いて、赤松の背後にまわり込んだ。さらに、小者四人が赤松の逃げ道を塞いだ。

「くそっ……」

提灯のあかりに照らされた赤松は、自分の置かれた状況を見て吐き捨てた。

「もはや逃げられはせぬ。観念して刀を捨てるのだ」

深野が落ち着いた声で話しかけ、間合いを詰める。

「盾突くなら容赦はせぬ」

工藤も言葉を足す。

「しゃらくせえ！」

赤松は刀を大きく振りまわし、退路を開こうとする。しかし、宮川たちはいったん下がっては、また逃げ道を塞ぐ位置に立つ。

「どう抗おうが、きさまは逃げられはせぬ。おとなしく縛につけ！」

宮川は怒鳴って諭した。

はっとした顔を深野が向けてきたが、それは一瞬のことで、赤松が追い詰められた狂犬のように暴れた。

振りまわす刀が、ビュンビュンと風を切ってうなる。

赤松は片肌脱ぎで素足だった。

ちーん！

宮川が斬り込んできた赤松の刀を払い落とした。

赤松が慌ててその刀を拾いあげようとしたときに、深野が大きく踏み込んで刀を振り下ろそうとした。

「これまで、これまでです！」

宮川はとっさに深野の斬撃を制するように声を張った。深野はそれに反応して、斬り下げはしなかったが、赤松の首筋に刀をぴたりとあてていた。

赤松は両膝を地面につき、いまにも首を落とされるように頭を垂れていた。

「工藤、縄を打つんだ」

深野に命じられた工藤は、即座に小者といっしょになって赤松を縛りあげた。

「おぬしの手柄だ。おれたちの助はなかったことでいい」

深野はそういって刀を鞘に戻した。

「しかし……」

「調べが面倒になる。いなかったことでいい。……それでよいな」

深野はたしかめるような目を宮川に向けた。

助をしたことを報告されると、調べに立ち合い、口書きの確認もしなければならない。深野が工藤の手柄にするのは自分たちの面倒を避けるためだ。

「よいと思いまする」

宮川は深野の腹の内がわかっているので同意した。

「誰か店を見てこい」

深野はもう宮川には目も向けず、新たな指図をした。

小者が「入江屋」に走り、主夫婦が無事だったことを確認して戻ってくると、工藤は小者たちといっしょに、赤松を連れて町奉行所に向かった。

それを見送った宮川は深野に、

「ご苦労様でございました」

と、頭を下げた。

「いらぬことを……」

深野はそのまま歩き去った。

残された宮川はその背中を眺めたあとで、

「平吉、先に帰っておれ」

と、命じた。

「まだ何か？」

「深野さんに話があるだけだ。行け」

平吉は要領を得ない顔をしたが、そのまま歩き去った。遅れて歩き出した宮川は、霊岸橋をわたり亀島河岸沿いの道を行ったところで、

「深野さん」

声をかけると、深野が立ち止まって振り返った。無言で見てくる。

「少しだけ暇をもらえませんか」

「……よかろう」

深野は短い間を置いて答え、供の小者を先に帰した。

「話があるようだが、おれにもある。きさま、さっきはなぜ止めに入った」

「は……」

「やつは人殺しの罪人だ。斬ってよかった。調べをしたところで、行きつく先は決まっておるのだ。ならばいっそのこと斬り捨てたほうが手っ取り早い」

「それはそうでしょうが、無駄に斬り捨てる必要はないはずです。生かしておいて、詳しく罪状を調べるのも役目だと思いますが……」

「いらぬ考えだ。それでなんだ？」

「深野さんはわたしのことを嫌われているようですが、いったいわたしの何が気に食わないのです。はっきりおっしゃっていただければ、わたしはあらためます」

「ふん。きさまのことは何もかも気に食わぬ。その面も、態度も、何もかもだ。気に食わぬものは気に食わぬのだ」

宮川は奥歯を嚙み、拳をにぎりしめて怒りを抑えた。

「暗闇に気をつけろといわれましたが、あれはどういう意味です？　わたしを斬るということですか。わたしのことを、なぜ憎く思われるのです」

深野はすぐには答えない。

そのいかめしい顔が蒼い月光を受けていた。

「殺したいほどわたしのことを気に入らないのですね」

「ああ、きさまが目の前から消えることをおれは望んでおる」

「斬りますか……」

宮川は肚を決めて、言葉をついだ。

「ここでわたしが消えれば、深野さんは本望なのでしょう。しかし、わたしは容《た》易《やす》く斬られはしませんよ」

宮川は口の端に小さな笑みを浮かべた。

深野が刀を抜けば、躊躇いなく抜くつもりだった。

深野は禍々しいほどに双眸《そうぼう》を光らせた。それから刀の柄にそっと手を添え、

「いずれそのときが来れば容赦はせぬ」

ぐっと刀の柄を押し下げると、くるっと背を向けた。

「深野さん」

宮川は遠ざかる背中に声をかけたが、深野はそのまま歩きつづけた。

六

二日後の夜、大杉勘之助が訪ねてきた。町奉行所からまっすぐやって来たらしく、裃姿だった。

清兵衛は座敷に招じると、早速、話を聞いた。

「これといって深野に変わった様子はないが、気になることがあるといえばある」

「なんだ？」

清兵衛は勘之助をまっすぐ見る。

「深野は一年ほど前に妻を亡くし、後添いをもらおうとしているらしい」

「ふむ」

「世話をしている年寄り同心がいるが、どうも話がまとまらないようだ」

「まとまらないのは相手が気に入らないのか、それとも深野の眼鏡にかなわないということか」

「深野が断るそうだ。よって年寄り同心も世話焼きをやめたと聞く」

「そのことと宮川は関係ないだろう」

「まあ、黙って話を聞け」

勘之助は茶を一口飲んでからつづけた。

「深野がときどき立ち寄る店がある。音羽町の『吉乃』という小料理屋なのだが、女主のおきみという女は、気立てがよく、客あしらいもうまくなかなかの人気らしい。そのおきみも連れ合いをなくして独り身なのだ」

「すると、深野はそのおきみに惚れていると……」

「それはわからぬ。だが、その店に宮川もよく顔を出すのだ」

「ふむ……」

清兵衛は短くうなって思案をめぐらす。

「すると色恋沙汰がもとということか……」

「世の中には男と女しかおらぬからな」

勘之助はのんびり顔でいってつづける。

「しかし、宮川には妻がある。子もいる。おきみとどうという関係もない。道ならぬことをしているわけでもない」

「だったら何の問題もないだろう。仮に深野がおきみに惚れていたとしても、宮川は身持ちの堅い男だ。他人の女にちょっかいを出すようなやつでもない」

「おぬし、宮川のことをどこまで知っておる？　やつと酒を飲んだことはあるか？」

「無論ある。元はおれの下にいたやつだ」

「やつは普段は真面目だが、酒を飲むと陽気になる男ではないか」

「ま、そうだな」

「普段はそうでなくても、酒が入れば店の女に気安く声をかけ冗談の一つもいう。それは傍から見れば、馴れ馴れしいと思われるかもしれぬ」

清兵衛ははっとなった。そういえば宮川にはそんな性癖があった。

「もし、そんなところを深野が見たとしたら……」

「深野がおきみに惚れているなら、面白くないだろうな」

「そこだよ」

「ふむ。なるほど……。そういうことで宮川に対する深野の態度が変わったということか。しかし、女のことでなァ」

清兵衛は宙の一点を短く凝視してから、勘之助に視線を戻した。

「勘の字、わかったのはそれだけか？」

「他に気になるようなことはないのだ。まあ、これはおれの勘でもあるが、女のことで深野が臍を曲げているような気がするのだ」

「ならば明日にでも宮川に会って話を聞いてみよう」

「深野には……」

「相談を受けたのは宮川からだ。おぬしの勘があたっておれば、宮川にも心あたりがあるはずだ」

「そうだな」

「一献やるか。すぐに用意させるが」

「いや、せっかくだが今夜は遠慮する」

勘之助には何やら用があるらしい。

「勘の字、忙しいところ相すまなんだ」

「他人行儀なことをぬかす。その代わり礼は安くないぜ」

勘之助はにやりと笑った。

清兵衛は勘之助が帰ったあと、聞いた話をもう一度考え、おきみという女主に会ってみようかと思った。

（それにしても、色恋沙汰というやつは絶えぬものだな）

胸中でつぶやく清兵衛が、安江に断りを入れて家を出たのはすぐだ。

すでに夜の闇は濃くなっていたが、空には幾千万の星が浮かんでおり、半月も照っていた。

音羽町には料理屋や居酒屋などがいくつかあるが、「吉乃」はすぐに見つけられた。戸口には盛り塩がしてあり、「吉乃」という文字を染め抜いた緑色の暖簾が夜風にそよいでいた。

店に入ると、「いらっしゃいませ」というあかるい声がかけられた。赤い襷をかけ、前垂れをつけた女が、愛嬌ある笑みを浮かべて見てきた。

適当に床几に座ると、隅の席に押し黙って酒を飲んでいる深野勇次郎がいることに気づいた。

清兵衛は酒を注文し、深野に悟られないように背を向けた。

酒が届くまで店の様子を探る。居心地のよいこぢんまりとした店で、なかなかの繁盛ぶりだ。

板場に料理人がいるらしく、さっき清兵衛の注文を取った三十年増の女が客の対応をしている。

どうやらそれがおきみのようだ。

「おきみさん、こっちにも酒を」

客が声をかけると、「あいよ」と、気っぷのいい返事をした。

やはりそうだ。

「何度かお見えになりましたか？　お見かけしたような気がしますが……」

おきみが酒を運んできた。

「初めてだ。評判を聞いて来たのだ」

「あら、嬉しい。どうぞご贔屓にお願いします」

おきみはそういって酌をすると、また板場に戻った。

清兵衛はちびちびと嘗《な》めるように酒を飲み、ときどき気づかれないように深野を見た。

半合ほど飲む間に、なるほどと思った。

勘之助の勘はあたっているかもしれない。深野はおとなしく飲んでいるが、おきみの一挙一動を観察するように見ている。

酒のお代わりをおきみが届けると、深野のいかつい顔がやわらかくなる。その目つきさえ変わるのだ。

（なるほど）

長居をすれば深野に気づかれると思い、一合の酒を飲んだだけで店を出た。

七

翌朝、清兵衛は宮川の組屋敷を訪ねたが、すでに出仕したあとであった。

「やけに早出であるな」

「今日は何やら調べがあるとおっしゃっていました」

宮川家の中間は、なにか言付けがあったら聞いておくという。

「ならば、今夜でもわたしの家に来てくれるようにいってくれぬか。そういえばわかるはずだ」

「承知いたしました」

その日、清兵衛は庭の手入れや、安江に頼まれた買い物をして過ごし、いつものように夫婦二人で夕餉の膳についた。

長年連れ添った夫婦なので、これといった話題もない。自然、言葉数は少なくなる。安江が思い出したように近所の話をするぐらいだ。

この時季の日の暮れは遅く、まだ外はあかるかった。

宮川がやって来たのは、日の暮れる前、六つ（午後六時）を過ぎたときだった。

清兵衛は使っている書斎で宮川と向かい合い、早速切り出した。

「先だってのことだが、その後どうだ？」

「相変わらずです。もうわたしも口を利かないようにしています。向こうが向こうなら、わたしもわたしですから」

「さようか。つかぬことを聞くが、音羽町の『吉乃』という店を知っているか？」

宮川は少し意外だという顔をして、よく知っているといった。

「今年の初め同じ組の者たちと宴会をいたしまして、そのとき気に入ってときどき通っています。桜木様もご存じで……」

「まあ、店を知っている程度だ。ところで、その店に深野も通っているのではないか」

「あの店を宴会に使おうといわれたの深野さんです。店で会うことは滅多にありませんが、ときどき通われているのは知っています」

「深野は店のおきみに気があるようだ」

「へっ……」

宮川はうすい眉を動かして驚いた。

「惚れているのかもしれぬ。それに深野は後添いを捜していると聞いた。ひょっとすると、おきみをもらいたいと考えているのかもしれぬ。そんな男の前で、おぬしはおきみに馴れ馴れしく接してはおらぬか」

「あ……」

宮川は口をまるくして、視線を泳がせ、清兵衛に顔を戻した。

「さようなことだったのですか。年始めの宴席では何もありませんでしたが、二月ほど前から深野さんの態度が変わったのです。そう、わたしが『吉乃』に通うようになった頃からです」

「深野は嫉妬したのかもしれぬ。あれは武骨ゆえに、気安く女に声をかける男ではない。そんな男の前で、おぬしはおきみと親しく酒を飲み笑い合う。深野にとっては面白くないはずだ」

「しかし、そんなことで……」

「いや、人とはわからぬものだ。もし、おぬしでない男だったら、深野は見て見ぬ振りをしたかもしれぬが、おぬしは毎日のように顔を合わせ、同じ役目に就いている。深野の身になって考えればわかるのではないか……」

「くだらぬことです。子供ではないのです。そんなことでわたしを邪険に扱うとは……」

宮川の顔に憤りが走った。

「悪いこととはいわぬ。おぬしがおきみに格別な思いがなければ、しばらくあの店から足を遠ざけることだ。さすれば、深野の接し方も変わろう」

「あの方のために、さようなことまでしなければなりませぬか」

「店は他にいくらでもあるだろう。いやな男の通う店に好んで行くのは馬鹿らしくないか」

「そうはおっしゃいますが……」

宮川は納得がいかないようだった。目に怒りさえ浮かべている。

「気持ちはわかる。ここはぐっと堪えてみることだ」

短い沈黙のあとで、

「わかりました」

と、宮川は頭を下げ礼をいった。

宮川はそのまま帰ったが、清兵衛は少し不安を覚えた。自分の諭し方がまずかったかもしれない。これから先の宮川の行動が心配になった。

（いかん）

すっくと立ちあがった清兵衛は、そのまま宮川のあとを追うように家を出た。

日の暮れかかった表はすでに薄暗くなっていた。路地には炊煙《すいえん》が漂い、軒行灯をつけている夜商いの店もあった。

宮川にはすぐ追いつけると思ったが、姿が見えない。

組屋敷のある八丁堀に行くために、「やなぎ」の前を素通りし、稲荷橋を急いでわたった。

足を急がせても宮川の姿を見つけることはできなかった。

まっすぐ自宅組屋敷に帰ったかもしれないと思い、宮川の家に向かったが、途中でらしき男の後ろ姿が見えた。

ちょうど岡崎町の組屋敷に向かう角だった。宮川らしき男は、その角を曲がった。

宮川の組屋敷はもっと北の北島町である。岡崎町には深野の組屋敷がある。

清兵衛が角を曲がったとき、宮川の後ろ姿が見えた。そこは細長い岡崎町の通りだった。片側には桑名藩上屋敷の裏塀がつづいている。

通りに出たとき、宮川が路地に入った。

そのとき、桑名藩上屋敷の角から、小者を連れて帰ってくる深野があらわれた。

清兵衛は足を急がせ、裏路地から宮川が身をひそめた路地にまわり込んだ。物陰に隠れて通りを伺っている宮川を見つけたのはすぐだった。清兵衛が気配を殺して近づいたときだった。

宮川が腰の刀に手をやった。

八

「待て」

清兵衛はいままさに宮川が表に飛び出そうとした瞬間に、声をかけて肩をつかんだ。

宮川がはっとした顔を振り向ける。

「何をする気だ」

「刀に物いわせてでも意見するのです」

「たわけ」

ぴしっと、宮川の頬が鳴った。清兵衛がたたいたのだ。宮川は信じられないといった顔で、清兵衛をにらんだ。

「わからぬのか」

「お放しください」

宮川は清兵衛の手を振りほどいた。

「意見するなら、おれを斬ってから行け。さ、どうする」

清兵衛は宮川の前にまわり込んでにらんだ。

「まさか、桜木様は深野さんの味方で……」

「おぬしには悪意もなければ、深野に無礼なこともしておらぬ。そうだな。だが、深野はそうではない。いってみればおぬしに嫉妬し、ひがみ、そして腹を立て、それが憎しみに変わったのかもしれぬ。意見すれば、話がこじれるばかりでなく、ほんとうの斬り合いになるやもしれぬ。その先のことをおぬしは考えているか」

「………」

「我慢だ。理不尽な怒りを感じても、高ぶる心を抑えなければならぬ。いまここでおぬしが意見をすれば、それは深野と同じ人間ということだ。落ち着け、落ち着くのだ」

「意見すれば、深野さんと同じになりますか？」

「なる。ここでおぬしが堪えることができれば、人間が一枚上手ということだ。

その心持ちができれば、深野の冷たい態度も笑って見過ごせるのではないか。おぬしには妻も子もある。軽率なことをすれば悲しませることになる」

「………」

「おぬしは武士であろう、侍であろう。耐え忍ぶことを知っているはずだ。たとえおのれに非がなくとも、取り乱してはならぬ。おぬしをひがんでいる相手を、寛大に受け流してやれば、おぬしの怒りも静まろう。まことに心の底から憎き相手を討つときは、死を覚悟しなければならぬ。そこまでの思いはないはずだ」

宮川はふっと嘆息して、肩から力を抜いた。

鯉口を切っていたが、それも元に戻した。

「桜木様、ありがとう存じます。おっしゃるとおりです。わたしは殊の外、深野さんの態度を気にしすぎていたのかもしれません」

「堪えられるか？」

「はい」

宮川は顔をあげて、はっきり答えた。

「うむ、それでこそ男だ。宮川、一杯やるか」

「喜んでお供いたします」

うんうんとうなずき、表通りに出た清兵衛は胸を撫で下ろしていた。雲に隠れていた月があらわれ、二人の足許を照らした。

第四章　別れの涙

一

おたえはその日の仕事を終え、ほっと息をついた。

洗い物も店の片付けも終わった。床几に座り、客のいなくなった小さな店をひと眺めした。九尺三間の店は、店賃が二分だった。

開店当初は不安のほうが大きかった。やっていけるかしら、客がつかなかったらどうしよう、借金を返せなくなったら……等などと。

（でも、なんとなくやっていけそう）

おたえは少し自信を持てるようになった。それも、手取り足取り商売のいろはを教えてくれたお節がいたからだ。

（ありがとうございます）

おたえはお節の顔を脳裏に浮かべ、心中で礼をいった。

「さあ、帰ろう」

ぽんと膝を打って立ちあがったとき、戸がガタガタと音を立てて開かれた。

「すみません……」

もう終わりですと、いいかけた口が途中で止まり、目を見開いた。

「やっと探したぜ」

そういって入ってきたのは、五年前に別れた元夫の吉松だった。

「どうしてここが……」

おたえはわずかに声をふるわせた。心の臓がドキドキと脈打った。吉松の酒癖の悪さと見境のない乱暴はいやというほど知っている。

「そんな顔するんじゃねえよ。会いに来たんじゃねえか。なかなかいい店だな。一杯もらおうか」

吉松は店のなかをひと眺めして、床几に腰を下ろした。

「もう終わりなんです」

「何をいいやがる。おれはてめえの亭主じゃねえか。殺生なことというんじゃねえぜ」

吉松は少し酔っているようだった。

「一杯だけだ。それを飲んだら帰ってやるよ。どうせ、おれのことなんざ忘れていたんだろう。ろくでもねえ亭主だったからな。おい、おたえ……」

吉松が上目遣いに見てくる。

怒らせてはならないと、おたえは心のなかで身構える。

「一杯だけですよ」

「ああ、そういっただろう。早くしねえか」

おたえは板場に入って酒の支度にかかった。

その間も、吉松はしゃべりつづけた。

「よくこんな店が出せたな。いい男でも見つけたか。それとも、その体で稼いだか。ひひッ……。まあ、そんなこたァどうでもいいが、元気そうじゃねえか」

おたえは黙り込んだまま、ぐい吞みに酒を注いで吉松にわたした。

「こりゃすまねえな。なんか、つまみはねえか」

「店を閉める前ですから、漬物ぐらいしかありません」

「それでいい」

おたえは仕方なく板場に戻り、胡瓜の塩揉みを出してやった。吉松はうまそうに酒を飲み、口の端にへらへらした笑みを浮かべ、胡瓜をつまんだ。

「漬物だけでもいい肴だ。それに、この酒は下りもんだろう。いい酒を出してやがる。そんなとこに突っ立ってねえで、こっち来て座りなよ。なに、昔みたいなことはしねえから、怖がることはねえ」

吉松は股引《ももひき》に腹掛け、膝切りの着物というなりだった。いまでも大工をやっているのだろうかと、おたえは考えた。

だが、そんなことをたしかめる必要はない。さっさと帰ってほしい。

「あれから何年になる？　四年か……いや五年だな。この店はいつ出したんだ？　もう長いのか？」

「いえ。まだ一月《ひとつき》ほどです」

「繁盛しているのか？」

吉松は人の懐を探るような目を向けてくる。

五年ぶりに会ったのだが、吉松は老けていた。日に焼けた顔のしわは深く、数も多い。三十五のはずだが、十歳は老けて見える。

「そうかい。それじゃ、これからが楽しみだな。贔屓の客はついたか」

「あの、どうやってここを……」

「どうやってって、そりゃあいろいろあらァな。おれを置いて逃げた女房だ。ほうぼう捜したんだぜ。おれの心配も知らねえで、ふん、こんなとこに店を開くんざ、たいしたもんだ。おれのことなんか、どうせどうでもいいんだろ」

おたえは膝に視線を落として、早く帰ってくれと心のなかで祈る。

「どうなんだ、え？」

吉松がにらむような目を向けてきた。

「あの、それを飲んだら帰っていただけますか。もう店は仕舞いなんです」

「いただけますか、だって。ふん、他人行儀なことをいやがる。おめえはおれの女房だったじゃねえか。それはいまでも変わらねえはずだ。そうだろう」

「………」

「三行半を出すのは、亭主だと世間で決まってんだ。わかってんのか、え？」

「逃げた理由は親戚のおじさんから話があったはずです。話はついたと聞いています。だからもうわたしのことは……」

「ふざけんなッ！」

おたえはびくっと体を硬直させた。

「おれは納得したわけではねえ。離縁状も出してねえんだ。だが、まあいいさ。おれも女々しい男じゃねえ。てめえとは縁が切れた。そうだな」

吉松は声を荒げたと思ったら、急に穏やかな口調になった。

「まあ、おれも悪いところはあった。しゃあねえな」

吉松がグビッと酒をあおった。もう一杯くれという。

「飲んだら帰るよ。心配すんな。だからもう一杯注いでくれ」

おたえは仕方なくもう一杯出してやった。

「何かおれに話すことはねえか。五年ぶりに昔の亭主が会いに来たんだ」

「お達者そうで何よりです」

「ふん……素っ気ねえことといいやがる。ところでよ、おれはこの近所の普請場に来てんだ。昔の親方に頼まれての助ばたらきでな。その仕事が終わるまで、ちょいちょい寄らせてもらうぜ。なに、心配すんな。ちゃんと勘定は払うから」

「……………」

「浮かない顔すんな。せっかくのうまい酒がまずくなるだろ」

吉松は残りの酒を一気にあおると、

「今夜は挨拶に来たんだ。これで帰るが、勘定だ」

と、懐に手を差し入れた。

「いえ、お代は結構です」

「結構と来たか。それじゃ、言葉に甘えちまうぜ」

吉松はにやっとした笑みを浮かべておたえを見ると、そのまま帰って行った。

おたえは胸を撫で下ろして裏の勝手の戸締まりをし、塩をつかんで店を出た。

表に吉松の姿はなかった。

「もう来ないでよ」

つぶやくなり手にしていた塩をまいた。

二

その日、清兵衛はいつものように近所を散歩していたが、西の空が急に曇りだしたので、これは一雨来そうだなと思って、早めに自宅に帰ったが、安江の姿がなかった。

「どこに行ったのだ」

独りごちて居間に行くと、近所でもらったらしい枇杷《びわ》の実が皿に盛ってあった。

「これはうまそうだ」

清兵衛はひとつをつまみ、皮を剝いて食べた。いい甘さである。うまいのでもう一個、また一個と頰張って、自分の書斎に入った。

朝のうちはよく晴れていたが、曇ってきたので部屋のなかが暗い。障子を開け、風を入れた。じめじめとして蒸し暑いので、扇子で胸に風を送りながら、日記を開く。

あきれたように首を振るのは、ほとんど書いていないからだ。

思い出したように、誰それが訪ねてきたとか、どこへ行ったとか、「やなぎ」の串団子はいつになくうまかったなどと、どうでもいいことが書いてあるだけだ。

（もっと実のあることを書かねば、これでは子供の日記だ）

自嘲の笑みを浮かべ、日記を閉じ、ぼんやり表を眺める。

いよいよ梅雨のはじまりかもしれぬ。小庭にある紫陽花《あじさい》を見て思う。

「あら、お帰りになってらしたの」

玄関のほうから安江の声がした。

清兵衛は一雨来そうだから早めに帰って来たと告げ、座敷に戻った。安江は風呂敷包みを抱え持ち、いつになく薄化粧をしていた。

「どこへ行っていたのだ？」

「お浜《はま》さんに会ってきたのです」

「お浜……もしや、三津田《みつだ》さんの奥方か」

「さようです。お浜さんには何かと親切にしていただいたでしょう。たまには顔を見せようと思いましてね」

三津田というのは北町奉行所の与力で、そろそろ隠居の年頃だ。清兵衛より五、六歳上のはずだった。

その妻がお浜で、清兵衛夫婦が八丁堀に住んでいる頃、隣の組屋敷に住んでいた。互いに行き交う親しい仲で、めずらしい戴き物があると決まったように裾わけをしていた。

安江とお浜は馬が合うらしく、清兵衛と三津田より深い付き合いがあった。

「お浜さん、なんだかいつまでも若くて、羨ましいかぎりです。茶飲み話をしてすぐ帰るつもりだったのに、ついつい話が弾んで長居をしてしまいました」

安江はお浜のことや、夫の三津田金蔵《きんぞう》のこと、そして倅の周蔵《しゅうぞう》のことなどを楽しげに話した。

「三津田さんの家に行ったのなら、ついでに真之介の様子を見てくればよかった

「寄ってきたんですけど、勤めで留守でしたの。それで、足袋《たび》を土産に置いてきました。あの子は不調法ですから、きっと喜ぶと思いまして……」

ではないか」

「それは喜ぶだろう」

清兵衛が応じると、安江は着替えのために自分の部屋に行ったが、

「そうそう、いつでしたかあなた様がお会いになった人。三十年ぶりとかといっていた方ですが、お元気なのでしょうか？」

と、意外な言葉をかけてくる。

清兵衛ははっとなって安江の部屋を見た。嫉妬めいたことをいって、自分にあたったことがあったのに、どういう風の吹きまわしかと思った。

「さあ、どうだろう」

「たまにはお顔を見せに行かれたらいかがです」

清兵衛は目をしばたたき、おそらくお浜に何かいわれたのだなと推量した。

「そうだな」

手際よく着替えを終えた安江が戻ってきた。

「あなた様もいい年ですし、わたしも了見の狭いことはいえないでしょう」

安江は余裕の体である。

やはりお浜にうまく諭されたのだろう。

「たまには行ってらっしゃいな。どうせ暇な身なんですから遠慮はいりませんよ」

先日、自分にあたったことを気に病んでいるのかもしれない。

こんなときには素直に受けるのがよい。断ったり、我慢するようなことをいえば、余計に安江の心証を悪くするのはわかっている。

「そうだな。たまには顔を見せてやるか」

安江はそうしなさいなと笑顔で応じた。

（こりゃまたいい外出をしてきたようだな）

胸の内で舌を巻く清兵衛は、それならば今夜あたり「狸」に行ってみようかと思った。

一雨来そうな雲行きだったが、どういうわけか夕方になると日が射してきた。

天気と女の心を読むのはむずかしいと思う清兵衛が、

「ちょいと出かけてこよう」

といって、家を出たのは日暮れ前の六つ（午後六時）頃だった。

三

軒行灯に火の入った「狸」を訪ねたが、お節の姿はなかった。えくぼを作って迎えてくれたおたえが、酒を出しながら、

「お久しぶりですね。しばらく見えないので、どうしたのかしらと思っていたのですよ」

と、酌をしてくれる。

「ちょいと忙しかったのだ。隠居の身でもいろいろある」

「お節さん、会いたがっていたのに残念ですわ」

酌を受けた清兵衛は、盃を持ったままおたえを見た。

「お節がどうかしたのかね？」

「もう店を手伝う必要はない、わたし一人でも大丈夫だからと……」

「すると、おたえは一人前と認められたんだな」

「そんなことはないと思うんですけど、お節さんがいると心強かったのに……」

おたえはよほどお節を信頼しているようだ。

「だが、いつかは独り立ちしなければならぬだろう。お節はそなたのことを思って、手伝いを離れたのではないかな。あれはそういう女だ」

「そうかもしれませんが……」

おたえは少し浮かない顔をして板場に戻った。

店にはまだ客はいなかった。まだ早い時刻なので、おそらくこれからやってくるのだろう。清兵衛は小鉢に入っている胡瓜と梅の和え物をつまんだ。

（そうか、お節はもうこないのか……）

酒を嘗めるように飲んで思う。

「銀さん、お住まいはどちらなのです？」

「鉄砲洲だ」

「それじゃ遠くありませんね。銀さんは、あ、銀さんと呼んだら失礼ですね」

「呼び方など何でもよい」

「お節さんが、銀さん銀さんと呼ぶから、ついそうなったんですけど、やっぱり桜木様と呼ばせていただきます。だって、他のお客さんの手前もあるもの。桜木様には奥様がいらっしゃるんでしょう。きっときれいな人なんでしょうね」

「さあ、それはどうか……」

「きっとそうですよ。これちょっと作ったんです。穴子の南蛮漬けです」

「ほう、いただこう」

揚げた穴子に葱と唐辛子を入れ、合わせ酢に漬けてある。さっぱりとした酢の味に、ぴりっとした辛さが穴子の旨みを増している。

「うまい」

うなると、料理のほとんどはお節から教わったのだと、おたえは嬉しそうに微笑む。

「それでお節は遊びに来るのかね」

「ときどき様子を見に来るといっていました」

「どこに住んでいるんだ？　神田と聞いていたが……」

「仲町一丁目です。死んだ旦那が不自由しないお金を残していたんで、暮らしには困ってない人だし、孝行息子もいるからやっと羽を伸ばして生きていけると幸せそうです」

「若い頃から商売に精を出していたおかげだろう。お節も苦労が実ったというわけだ。なによりだ」

「わたしもお節さんみたいにならなきゃ」

「おまえさんは若いから、まだまだこれからだ」

「わたしもお節さんみたいに幸せになれるかしら……」

「なれるさ。おまえさんの器量で店を繁盛させればよいのだ。料理はなかなかの腕前ではないか、きっといい店になる。あ、もうそういう店であるな」

清兵衛が苦笑いをすれば、おたえも首をすくめて笑った。

新たな客がやって来たのは、それからすぐのことで、おたえはその客の応対に追われた。それでもそつのない会話をし、料理をもてなす。

いったん客が入ると、また新たな客がやって来た。狭い店はいきおい賑やかになり、愛嬌のあるおたえはなかなかの人気者だ。それに客あしらいがうまい。板場を出たり入ったりしながら、ときどき清兵衛にも声をかけてきた。

客は職人もいれば、商家の奉公人もいた。おたえは客を分け隔てることなく、うまく接していた。

清兵衛はそんな様子を眺めながら、お節が太鼓判を捺《お》すのも無理はないと思った。

三合の酒を飲むと、清兵衛は「狸」を出た。

すっかり夜の帳《とばり》の降りた道を歩きながらよい酒だったと思った。

お節が幸せに暮らしていると聞いたせいかもしれないし、若いおたえの気持ちよいはたらきぶりを見たからかもしれない。

「おい、なにを笑っておる。拙者を笑っておるのか」

突然、そんな声をかけられ、目の前に総髪の浪人があらわれた。南八丁堀に差しかかったところだった。

「いや、そんなことはござらぬ。よい酒を飲んで気持ちがよいだけだ」

「おれを見て愚弄《ぐろう》するように、にたついたではないか」

「それは気のせい。わたしはそなたには気づかなかった」

「人を馬鹿にしてのいい逃れか。勘弁ならぬ」

浪人はさっと刀の柄に手をやり抜こうとした。ときどきこういう輩がいるのが江戸である。だが、清兵衛は少しも慌てず、

「お待ちを」

と、声をかけておいて相手の右腕をつかんだ。浪人がむっと目を剝く。

「因縁をつけての喧嘩などもっての外。ご勘弁願いたい」

「許さぬッ」

浪人は目くじらを立て、清兵衛の手を振り解こうとした。清兵衛はその力を利

用し、小手をひねって相手をねじ伏せた。

「いたたたッ、放せ、放しやがれ」

「喧嘩なら他でやってくれ」

清兵衛はそのまま相手を突き倒して悠々と歩き去った。追いかけてくるかと思ったが、清兵衛の力量に気づいたらしく、その気配はなかった。

「やれやれ、せっかくのいい酒が……」

清兵衛は短くぼやきながら家路を辿った。

四

おたえが最後の客を送り出し、少し伸びあがって暖簾を下ろしかけたときだった。

「もう終わりかい」

突然の声にギョッとなって振り返ると、そこに吉松が立っていた。

「ちょいと一杯飲ましてくれ。今日はツキがなかったから験直《げんなお》しだ」

「……もう仕舞いなんです」

「おいおい、殺生なことというんじゃねえぜ。おれを誰だと思ってやがる。知らない仲じゃねえだろう」

吉松はおたえにはかまわず、勝手に店のなかに入った。少し酒臭かった。おそらく博打《ばくち》で負けたのだろう。

「一杯だけですよ。それで帰ってください」

おたえは暖簾を持ったまま戸口の前に立ち、吉松をにらむように見た。

「おめえも変わったな。ああ、わかった、一杯だけでいいよ。それにしても親の敵を見るような目で見やがって……」

おたえは黙って板場に入った。

どうしてわたしに付きまとうのかしらといやになる。酒を注ぎながら、二度とこの店の敷居をまたがせないようにするには、どうしたらいいだろうかと考える。

「すまねえな」

吉松はぐい呑みを受け取りながら、おたえから視線を外さない。

「あの……」

「なんだ？」

「これきりにしてくれませんか。もうあんたとは別れたのだし、赤の他人じゃないですか」

おたえは勇を鼓していった。

「冷てえことを……ふん……」

吉松は一気に酒をあおると、酒で濡れた口を手の甲で拭った。

「てめえ、勝手におれから逃げたくせに何をいいやがる。たしかにおめえとは別れた。だがよ、あれはおめえの親戚が四の五のいってきたから面倒くさくなって、おれは首を縦に振っただけだ。勝手に別れたといってるのはおめえじゃねえか」

「念書があります」

それは離縁状ではなかったが、二度とおたえに近づかないという誓約書だった。

「あんなのただの紙くずじゃねえか。おれはよ……」

吉松が立ちあがったから、おたえは一歩下がった。すると肩に手をかけられた。

「おれを嫌うんじゃねえよ。おれも心を入れ替え、真面目にはたらいてんだ。こうやって会えたのも何かの縁じゃねえか。きっと縁結びの神様が、おまえたちは離れちゃならねえっていってくださってんだよ。おたえ」

吉松が抱きすくめてきたから、おたえは悶《もだ》えるように体を動かした。

「放して、放してください。声をあげますよ。わたしは昔とは違うんです」

「おれも変わったんだ。おめえを大事にしてえから、こうやって会いに来てんだ。それがわからねえのか」

「きゃッ」

おたえは肉置きのよい尻をつかまれたので、悲鳴を発した。

「やめて、やめてください。ほんとに声を出します。誰か、助けてー！」

「なんだおめえ」

大声に怯んだのか、吉松は手を放して座り直した。

「帰ってください。もうここには来ないでください」

吉松がじっとにらむように見てきた。

「あんたは何も変わっていない。ツキがなかった、験直しだといったのは、昔のように博打で負けたからでしょう。ここに来ればただ酒を飲めると思ったからでしょう」

「なんだと……」

「金がほしいんなら持って行けばいいのよ。だからもう来ないで」

おたえはその日の売り上げの入った財布を、たたきつけるように床几に置いた。

興奮し息を弾ませ、顔を上気させて吉松を凝視した。

「おかみさん、何かありましたか？　定安《さだやす》ですが大丈夫ですか？」

おたえの悲鳴に気づいたらしい隣の店の主が声をかけてきた。

「何でもありません」

おたえが答えると、吉松はほっと安堵したように小さな笑みを浮かべ、

「わかったよ。今夜は帰ってやらァな。だがよ、おれはあきらめねえぜ。畳町で普請仕事をしてるから、また寄らせてもらうよ」

と、吐き捨てるようにいって立ちあがった。

「来ないで、来ないでください」

おたえはいまにも泣きそうな顔で訴えた。

「まあ、いいさ」

吉松は指で襟をすっと直すと、これは預かっておくといって、おたえの財布をわしづかみして、そのまま店を出て行った。

すっかりその気配が消えると、おたえははじかれたように戸に猿をかけ、小さな嗚咽を漏らしながらずるずるとしゃがみ込んだ。

「どうして、どうして……せっかく一人でやっていけると思ったのに……ううっ、ううっ……お節さん、どうすればいいの。どうしたらいいの。助けて……」

おたえは膝に顔をうずめ、我が身に降りかかる不幸を嘆き、背中を波打たせて泣きつづけた。

五

清兵衛が久しぶりに「狸」を訪ねて三日後の午後だった。

昼食のあとでぶらりと家を出た清兵衛が、南八丁堀五丁目まで来たとき、

「桜木様」

と、女が呼び止めた。

声をかけてきたのは「狸」のおたえだった。

「おお、こんなところで会うとはめずらしいな。仕入れかい？」

清兵衛はおたえが提げている籠に入っている野菜を見ていった。

「はい」

おたえはいつものように笑顔で答え、すぐに言葉を足した。

「でも、ほんとうは桜木様をお待ちしていたんです。この辺にいれば会えるかもしれないと思って……」

今度は照れたようにうつむいたが、その顔から笑みが消えた。

「わたしを捜していたってことかい」

「相談したいことがあるんです。いろいろ考えたんですけど、桜木様なら頼りになると思いまして……」

「どんなことだい？　あ、立ち話もなんだ。すぐそこに『やなぎ』という茶屋がある」

清兵衛はそういって「やなぎ」に連れていった。すぐにおいとが飛んできて挨拶をし、

「あれえ、今日はきれいな人といっしょ。桜木様も隅に置けないわ」

と、悪戯《いたずら》っぽいことをいう。

「これ大人を冷やかすんじゃない。とりあえず茶だ。それから草団子をもらおう。そなたもどうだ。ここのはうまいのだ」

おたえは素直に、いただきますという。

「何かあったのかね？」

おいとが板場に下がると、清兵衛は訊ねた。

「こんなこと知られたくなかったんですけど、桜木様ならきっと相談に乗っても

らえると思ったんです。だって、桜木様は元は御番所の人だったのですよね」

「うむ。それで……」

「じつは五年前に別れた亭主がいきなり店にやってきて、よりを戻したいと迫られているんです。わたしはいやでいやでたまらないんです」

「ふむ」

「たしかにわたしはあの人から逃げたんですけど、そのあとで親戚のおじさんが話をつけてくれたんです。それですっかり縁が切れたと思っていたのに、あの人はまだおれたちは夫婦だ、三行半をわたしてもいないから、勝手なことは世間が認めないと……」

おたえはおいとが茶と草団子を運んできたので言葉を切った。おいとは深刻な顔をしているおたえを見て気遣ったのか、そのまま板場に下がった。

「昨夜もやって来て、わたしはどうすればいいかわからなくなったんです」

困惑顔でいったおたえは、吉松が最初に店に来たときのこと、二度目に来たとき売り上げの財布をわたしたことなどを話し、

「昨夜は往生しました」

と、吉松が三度目に来たときの顚末《てんまつ》を話した。

やはり吉松がやって来たのは、店を閉める寸前のことだった。おたえはいやだから、顔を見たとたん、ぴしゃんと戸を閉めたが、吉松は強引に押し入ってきて、

「亭主が会いに来たというのにひでえことしやがる。てめえ、それでもおれの女房か」

というなり、おたえの頬を張った。

おたえが床几によろけて恨みがましい目でにらみつけると、

「何だその目は。おれはおめえのことを思って、懐かしがって、そしておめえと一からやり直そうと考えてんだ。夫婦別れもしていねえのに、勝手にこんな店を出しやがって。文句があるならここではっきりいいやがれ！」

吉松は低く抑えた声でいって、おたえの首を絞めるように襟をつかんだ。まるで鬼のような目つきで、熟柿《じゅくし》のように臭い息を吐きかけた。

「わたしはもうあんたとは別れたんです。わたしの亭主でも何でもありません。お願いだからもう来ないで、帰って……」

「なにを……」

吉松は牙を剝くような顔でぐいぐい首を絞めた。

おたえは抗ったが、息が苦しくなり、殺される、このまま死ぬんだと思ったところで意識がなくなった。

しかし、それはほんの短い時間だったらしく、吉松に肩を揺すられて、意識を取り戻した。吉松はさっきとはちがい、いまにも泣きそうな気弱な顔で、

「すまねえ。おれが悪かった」

というなり、土下座をした。

「おれはろくでなしの出来の悪い亭主だった。おめえに出て行かれてから、おれは心の底から悔やんだんだ。何もかもおれが悪かった。満足なこと一つやってやれなく、おめえに不満ばかりいって八つ当たりしていた。どうしようもない大馬鹿者だった。いまさらこんなことをいっても遅いが、許してくれねえか。おれは必死におめえのためにはたらく、おめえのためなら何でもする。だから、元の鞘に納まってくれ。頼む、このとおりだ。おれは嘘はいわねえ。おたえ、お願いします。お頼みします」

吉松は土下座をしたまま、おいおいと泣いた。

「泣きつかれると、わたしもつい情にほだされそうになって、許してやろうかと

思ったんですけれど、わたしに乱暴したあとでご機嫌を取るようなことをするのは、昔のままだと気づいたんです」

「それでいかがしたのだ？」

「昨夜は、話はわかったから立ってくれ、わたしは疲れているので悩ませないでほしい、一晩考えさせてくれといって、うまく帰しました」

「すると、今夜も来るということではないか」

「多分。だから困ってしまって……」

「ふむ」

清兵衛は腕を組んで、近くを飛び交っている燕《つばめ》を短く眺めた。

「そなたは、吉松から三行半は受けていないのだな」

おたえは真顔でうなずく。

「しかし、親戚が吉松と話をしてうまく離縁できた。その念書もある」

「あります。わたしは持っていませんけれど……」

「吉松から逃げたのは、ひどい乱暴を受けたからか」

「些細なことで怒鳴り、殴りつけられました。それに酒と博打が好きで、暮らしはいつもきつくて……もうあの頃のことは思い出したくもありません。悪夢のような毎日でしたから。やっと自分らしく生きていけるようになったと思った矢先に……」

おたえは大きなため息をつき、

「桜木様、いったいどうしたらいいんでしょう」

と、すがりつくような視線を向けられた清兵衛は、短く考えた。

三行半をもらっていなければ離縁は成立しない。しかし、親戚を通して吉松と話がつき、離縁が成立しているなら、問題はないはずだ。

だからといっておたえの話を一方的に、鵜《う》呑《の》みにするのも軽率だろう。

「吉松は近所で仕事しているらしいが、その場所はわかるか？」うまく始末をつけるために、吉松のことを少し調べてみようと思うのだ」

「詳しい場所はわかりませんが、畳町で助ばたらきをしていると聞いています」

「そなたは吉松と五年ぶりに会ったのだな」

「はい」

二人が離れていた五年の間、吉松がどんな生き方をしていたか、それは気になるし、知るのは大事なことだ。

清兵衛はその先にうまい解決策があるような気がした。

「では、少し待ってくれるか。後ほど店のほうに顔を出す」

「お願いいたします」

おたえは丁寧に頭を下げた。

六

畳町にはたしかに新築普請をやっている家があった。それも一カ所だけで他にはなかった。ちょうど王木稲荷の隣で、杵槌や玄翁《げんのう》の音が空にひびいていた。

清兵衛は骨組みの出来た家を眺めながら、大工たちを観察した。みんな捻り鉢巻きに股引、腹掛けというなりだ。肌に汗を光らせ、黙々と仕事をしている。

「ちょいと訊ねるが……」

さっきから普請場を仕切っている棟梁らしい男に声をかけた。

「何でしょう？」

男は着流しに二本差しの清兵衛を訝しげに見てきた。

「わたしは桜木というが、ここに助ばたらきに来ている吉松という大工がいると聞いたのだが、いるだろうか？」

「吉松でしたら、あそこにいますよ」

相手は棟木《むなぎ》にまたがり垂木《たるき》を打ちつけている男を指さした。

他の大工と同じように、捻り鉢巻きに腹掛け半纏に足袋というなりだ。中肉中背だが、大工らしく二の腕が太かった。

「吉松がどうかしましたか？」

声をかけられたので、清兵衛は吉松から男に顔を戻した。

「そなたは棟梁だろうか？」

「へえ、勘五郎《かんごろう》と申しやす。それで、吉松になにか……」

「これはないしょにしてもらいたいのだが、わたしは北町の者でな、ちょいと気がかりなことがあって吉松のことを知りたいのだ」

こういったとき町奉行所の人間だと明かすのは効果がある。もっとも隠居の身であるが、その雰囲気を醸しているので相手は疑いはしない。

「町方の旦那で……で、やつがなにかやらかしたんですか？」

勘五郎という棟梁は急に畏まり、表情をかたくした。

「何をやったというわけではないが、気になることがあってな。ちょいとそこで話を聞かせてくれないか」

清兵衛は吉松に気づかれないように、王木稲荷の脇に行って勘五郎と向き合った。

「吉松は仕事の出来る大工だと聞いているが……」

「へえ、やつは親方につかない渡り大工ですが、たしかに腕のいい男です。あっしも手が足りなくなると、よく声をかけて手伝ってもらっています」

「仕事は真面目にやってるんだな」

「よくやっています。まあ、ちょいと癖のある男ではありますが……」

「癖というのは……？」

「こっちと、これと、これです」

勘五郎は小指を立て、酒を飲む仕草をし、博打を打つ真似をしながら、片頰ににやりとした笑みを浮かべた。

「女というのはどういうことだ？」

「あれは女房に逃げられてんです。だから淋しいんでしょう。女気のある店で遊んで憂さ晴らしですよ。大概にしておけというんですが、まあ、男ですからね」

「博打をやるようだな」

「仲間内での手すさびですよ。おっと、旦那。賭場での遊びってわけじゃないんで、勘弁してくださいな」

　勘五郎は口が滑ったという顔をして、拝むように手を合わせた。

「逃げた女房がいたらしいが、その女のことを知っているかい？」

「いえ、よくは知りませんが、そんなことを聞いています。何でしたら、吉松と古い付き合いのある大工から聞いたらどうです」

「ここにいるのかね？」

「いえ、今日は小網町のほうで仕事をしているはずです」

「教えてくれるか」

　清兵衛は詳しい場所を聞いたあとで、このことは吉松にはかまえて他言しないようにと釘を刺した。


　仕入れを終えて店に戻ったおたえは、やはり憂鬱だった。

　清兵衛に相談をしたはいいが、果たしてうまくいくかどうかわからない。吉松はおそらく今夜も来る。来たらよりを戻そうと、あの手この手で迫ってくるはずだ。

　せっかく吉松の呪縛から逃れられたと安心しきっていただけに、不安はいや増すばかりである。

土間席になっている床几に腰を下ろし、我知らずため息をつく。これから支度にかからなければならないが、不安を抱えているせいかやる気が起きない。

それにしても、どうやってこの店を見つけたのだろうかと考えた。吉松には当然教えていないし、店の客で吉松を知っている人もいない。

仕事場が近いので偶然見つけたのだろうか……。それとも自分を知っている人が、吉松に教えたのだろうか……。

そこまで考えて、おたえは首を振った。

（そんなことなんてどうでもいいこと……）

吉松をこの店に近づけなければいいのだと気づいた。

でも、どうやって近づけないようにすればよいのだろうかと、宙の一点を見据え、それから目の前を飛ぶ蠅の行方を追う。

いくら話し合っても埒《らち》があかないのはわかっている。できることなら力ずくで追い払いたい。二度と自分の前にあらわれないように……。

おたえは頭のなかで勝手な想像をした。

それは酔っ払った吉松が、川に落ちて溺れる絵であり、喧嘩ッ早い吉松が強い侍に袈裟《けさ》懸《が》けに斬られ、血だらけで倒れる絵だったりだ。

しかし、そんなことは簡単に起こりえることではない。

あれこれと、ぼんやり考えているうちに、障子にあたっていた日の光が翳ってきたことに気づいた。

（いけない、支度をしなきゃ……）

慌てたように立ちあがると、急いで店の掃き掃除をし、板場に入って考えていたその日の献立を頭のなかでおさらいしながら野菜を切り、魚をさばいた。

仕事をしているうちは気が紛れて、いやなことを忘れるが、仕込みを終えて一段落すると、また不安が鎌首《かまくび》をもたげた。

桜木清兵衛はあとで店に顔を出すといったが、まだあらわれない。日は暮れかかっていて、そろそろ暖簾を出して軒行灯をつけなければならない。

「桜木様はほんとうに来てくれるのかしら」

小さくつぶやいて表に出、清兵衛を捜すように目を凝らしたが、見ず知らずの人たちが行き交っているだけだった。

その頃、清兵衛は小網町の普請場ではたらいていた大工の勝蔵《かつぞう》から話を聞き、吉松の住まいでの聞き込みをも終え、日本橋に近い室町一丁目にある小さな居酒屋で、粂次《くめじ》という男と会っていた。

粂次は、清兵衛が風烈廻りだった頃、ときどき使っていた手先だった。いまは他の与力に仕えているが、元は質の悪い与太者で、清兵衛のおかげで道を外さないまともな人間になっていた。

その恩を粂次は忘れていないので、清兵衛の頼みとあらば二つ返事で聞いてくれる。

「それで調べがすんだらどうしたらよいので……」

「むずかしい調べではないだろうから手間はかからぬはずだ。わしはここで待っていよう。だが、何があってもわしの名を出してはならぬぞ」

「へえ、心得ております。では、ひとっ走り行ってきます」

粂次が店から出て行くと、清兵衛は店の主に酒を追加して、のんびり待つことにした。

店を開けても、清兵衛はやってこなかった。戸が開くたびに、おたえはギョッとした顔で客を見、吉松ではないとわかればほっと胸を撫で下ろして、普段の笑顔に戻って接客をした。

客がいるうちは吉松は来ない。いつも店をしまう時間を見計らってやってくる。今夜は早く店を閉めてしまおうかと考える。おまけに頼みの清兵衛も来ない。

「おたえさん、なんだか今日はそわそわしてねえか」

客にそんなことをいわれ、

「あらそうでしょうか。いつもと同じですけれど」

おたえは愛嬌を見せるが、

「いい男でも待っているんじゃないのか。おたえさんは、男好きのする女だからね」

などと、客に言葉を返された。

客は出たり入ったりで、そのうち五つ（午後八時）を過ぎた。口開けの客が帰り、そのつぎに来た客も帰った。

残っている三人の客が酒を飲みながら好き勝手なことを話しては、笑い合い、ときにおたえをからかった。

がらりと戸が開いてまた客がやって来た。

「いらっしゃ……」

と、途中で声を呑んだのは、吉松だったからである。

七

吉松はいつもの職人のなりではなく、こざっぱりした一重の着物姿だった。風呂に入ってきたのか、髷に櫛目も入っていた。

「つけてくれるか」

吉松は土間席の端に腰を下ろして注文をつけ、他の三人の客を軽く眺めて煙管を吸いはじめた。

板場に入って酒をつけるおたえは、清兵衛が来ないことにやきもきした。

(先にあの男が来ちゃったじゃない)

清兵衛を頼ったのは間違いだったのではないか。ほんとうは頼りにならない人なのではないか。

でも、どうやったら吉松をおとなしく追い返せるだろうか。もう頼れる人はいない。

「繁盛しているな」

酒を運んでいくと、吉松が皮肉そうな笑みを片頰に浮かべていった。酌をしろとねだられたので、おたえは素直に応じた。

「今夜はゆっくりするぜ」

いわれたとたん、ゾッとした。

おたえは帰ってくれといいたかったが、他の客の手前ぐっと堪えるしかなかった。

楽しげに飲んでいた三人が帰ったのは、それからすぐのことだった。店には吉松しかいない。おたえは心の臓を萎縮させて板場の入り口に立っていた。

吉松はしばらく口も利かず、胡瓜と梅の和え物を肴に酒を飲んだ。

「おめえも一杯どうだ。そんなとこに黙って突っ立ってねえで、こっちに来な」

三合の酒を飲んだ吉松が、誘いかけてきた。日に焼けている顔が、酒のせいで少し赤みを帯びていた。

「遠慮します。どうぞ勝手に飲んでください」

「他人行儀なやつだ。おれの女房じゃねえか。冷てえことをいわずに、こっちに来て酌をしてくれ。おれは嚙みつきやしねえ」

「それを飲んだら帰ってください。お代もいりません。それから二度とここに来ないでください」

おたえは肚をくくり、勇気を出していった。

とたん、吉松の形相が変わった。その目は血走っていた。おたえは身構えて後ずさり、板場入り口の柱にすがるように手をついた。

「おい、いま何といった。二度と来ないでくれだと……。どういう了見だ。おれは一からやり直すといっただろう。おめえのためにはたらくと約束したのを忘れたか！」

吉松は立ちあがると、近づいてきた。

おたえは後ろに下がったが、もう逃げ場はなかった。

「やめて、やめて……」

「何がやめてだ！　おれを嘗めんじゃねえ！」

いきなり胸ぐらをつかまれ、引き寄せられた。

そのとき、店の戸ががらりと開けられた。清兵衛だった。

清兵衛が店に足を踏み入れると、おたえの胸ぐらをつかんでいた吉松が振り返った。顔に怒気を含んでにらむように見てくる。

「何か揉め事かい。穏やかな様子じゃないな」

清兵衛はいたって落ち着いた顔で、床几に腰を下ろした。

吉松が誤魔化すようにおたえを放し、自分の席に腰を下ろした。面白くないといった顔で、ちらりと清兵衛を見る。

「酒をくれるか。冷やでかまわぬ」

清兵衛にいわれたおたえは、助けを求めるような目を向けながら、小さくうなずいて板場に消えた。

酒が運ばれてくるまで、気まずい沈黙があったが、清兵衛はその沈黙を楽しむように笑みを浮かべていた。

「すまぬな」

おたえから酒を受け取ると、一口飲んだ。

「うまいな。ところで、おまえさん吉松という大工だろう」

清兵衛が声をかけると、吉松がギョッとした顔を向けてきた。近くで見るとしわも深く、肌も荒れていて年よりずっと老けて見えた。

「なんでおれのことを……」

「なんでも知っているさ。おまえさん、ここのおたえと夫婦だったらしいな。だが、おまえさんに愛想を尽かしておたえは逃げた」

「そんなこと、あんたにいわれる筋合いはねえよ」

「ところがあるんだ。おれはおたえに相談を受けた。おまえさんをこの店に入れたくないそうだ。おまえさんとは金輪際《こんりんざい》会いたくもないとな」

清兵衛が直截《ちょくせつ》なことをいったものだから、おたえが驚き顔をした。

「なんだよ、あんた。侍だからって容赦しねえぜ！」

「まあ、落ち着きなよ。おれもおまえさんを怒らすつもりはないんだ。話をこじらせたくもない。おたえはおまえさんと、よりを戻したくないんだ。一度別れているんだから、元の鞘に納まるのもむずかしいだろう。おまえさんがいくらいい募っても、おたえの気持ちは変わらない。ここは、潔く身を引いたらどうだ。それが男だろう」

「なにをッ、何も知らずに余計な口出しするんじゃねえよ。大体、あんたは何もんなんだよ。いきなり来て、水を差しやがって……」

「おれは隠居している侍だ」

「へん、隠居じじいに四の五のいわれたかァねえや。すっこんでろ！」

吉松は声を荒げるなり、おたえをにらんだ。

「てめえ、この隠居におれの何を話した！ おれの悪口でも散々聞かせてやったのか！」

おたえは竦《すく》みあがった。

「そう怒鳴ることはない。吉松、悪いことはいわぬ。男らしく身を引いてくれ。それがおまえさんのためだ」

「てやんでェ！ なんであんたにそんなこといわれなきゃならねえ！ 勝手なことぬかすんじゃねえよ、このくそ隠居！」

「おいおい、よくもそんな口が利けたものだな。おぬしのためを思っての親切が、これじゃ台なしだ」

「何がおれのためだ。ガタガタぬかすんじゃねえ。侍だからっておれは容赦しねえぜ！」

吉松は袖をまくりあげるなり、片膝を床几に立ててすごんだ。

清兵衛は内心でため息をついて、吉松をにらみ返した。

「吉松、おまえはおたえに三行半をわたしたのか？」

「わたしちゃいねえよ。だからこうやって話をしに来てんだ！」

「すると、おたえと離縁していないのに、おかつという女と所帯を持った。そういうことになるな」

吉松は大きく眉を動かして、目をみはった。

「おまえはおたえに逃げられた半年後に、浅草の水茶屋ではたらいていたおかつを口説き、夫婦になった。だが、そのおかつと半年もつづかず、またもや逃げられた」

「なんでェ……」

吉松の語調が低くなった。

「知っているか。離縁状もなく、新たに他の女と夫婦契りをした者には刑罰が与えられるということを……」

「なんだと……」

「吉松、おれは隠居の身だが、元は北御番所の風烈廻り与力だった男だ」

「げッ……」

吉松は驚きに目を見開いた。

清兵衛はその吉松から視線を逸らさずにつづける。

「隠居はしているが、おれの息がかりの与力・同心とはいまでも繋がっている。おまえがこれ以上おたえに付きまとうなら、御番所で申し開きをすることになる。

それがどういうことであるか考えるまでもなかろう。おぬしはこのまま黙って去《い》ぬだけで、罪は問われぬことになる。だが、これ以上吠え立てれば、隠居じじいも黙ってはおらぬぞ！　さあ、どうする！」

「ち、ちくしょ……」

吉松は苦渋の色もあらわに、まくった袖を戻し、立てた片足を雪駄に戻した。

それからおたえに一瞥《いちべつ》をくれると、すごすごと店を出て行った。

戸が荒々しく閉められると、おたえはほっと安堵の吐息を漏らし、へなへなと床几に腰を落とした。

「おたえ、これで厄介払いはできたはずだ」

「いったいどうなることかと思いましたが、助かりました。やっぱり桜木様に相談したのは間違いではありませんでした。ほんとうにありがとうございます」

「礼などいらぬさ。それより……」

清兵衛がもう一言いいかけたときに、閉まったばかりの戸ががらりと開けられたので、二人はさっと顔を振り向けた。

八

店にあらわれたのはお節だった。清兵衛とおたえを見て、

「どうかしましたの？」

と、長い睫毛《まつげ》を動かして目をしばたたいた。

「お節さんがいなくなって、昔別れた亭主がやって来てひどいことになったんです。それで桜木様に相談して、いまやっと片付いたところなんです」

「どういうことだかわからないけど、いまぶつぶつと毒づきながら歩いている人と擦れちがったけれど……」

「きっとその男です」

「それじゃ、吉松だったの」

お節は驚いたように目をみはる。

「そうです」

おたえはさっきまでの経緯をかいつまんで話した。

「よかったわね。銀さんがそばにいらして。銀さん、ありがとうございます。わ

たしからも礼をいわせていただきます」

「礼などいらぬさ。どうせ暇を持て余している隠居の身だ。で、こんな遅くに出歩いて大丈夫なのか？」

清兵衛が気遣うと、お節は怪訝そうに小首をひねった。

「遅いといっても、まだ町木戸の閉まるまでは間がありますわ。でも、店が開いていてよかった。閉まっていたらどうしようかと思っていたのよ」

「何かあったんですか？　あ、それよりかけてください。いま暖簾を下げますから」

おたえは小気味よく動いて、新しい酒を運んできた。

「せっかくだけど、今夜はお酒はよすわ。代わりに銀さんどうぞ」

お節は清兵衛に酌をした。

「それで、何か話があるんですね」

おたえがそばに座って、お節を見る。

「ほんとうは明日でもよかったんだけど、何かと忙しいから一言挨拶をと思って来たの。銀さんもいらしてちょうどよかったわ」

「どういうこと……」

おたえは目をしばたたく。

「わたし、江戸を離れることになったの」

「え……どこへ行くんです？」

「行徳《ぎょうとく》よ」

清兵衛は黙って酒を飲んだ。自分が話すことはないようだと思った。

「いろいろあったんだけれど、行徳の塩問屋の旦那さんがわたしに目をかけてくれて、是非にもといってくださったの。ずいぶん迷ったんだけど、思い切って行くことにしたの。ほんとうはこの店をもう少し手伝いたかったんだけど、そういうことなのよ」

「嫁ぐってことですか？」

「後添いですよ」

お節は目尻にしわを寄せて微笑む。

「お節、いい人に巡りあったようだな」

清兵衛がそういうと、お節は小さくうなずいた。

ほんとうはそのことを清兵衛は知っていた。また、これまでお節が苦労してきたことも、粂次から報告を受けていた。

「お節さん、わたし黙っていましたけど、ほんとうはこの店を二人でやっていきたいと思っていたんです。お節さんとならきっとうまくいくと、そう考えていたんです」

「あら、初耳だわ」

おたえは目に涙を溜めて首を振った。

「ほんとは知っていたの。お節さんが亡くなったご亭主の借金を返すために、どれだけ苦労したか。長男の行状の悪さにどれだけ振りまわされたか。みんな知っていた。でも、お節さんはいつもにこにこと笑って、そんなことは一言もいわない。だから、わたしも気づかないふりをして、他の人にもお節さんは幸せになったと話していたの。桜木様にもそんなことをいいました」

清兵衛が小さくうなずくと、おたえはつづけた。

「わたしはこの店を、お節さんと二人でやれたらと思っていたんです。でも、大店の後添いになるんだったら、それはそれでよかった」

「ありがとう、おたえちゃん。銀さん、恥ずかしいことを聞かせちゃったけど、ご勘弁くださいな」

「なに、おれも知っていたのさ」

清兵衛がそういうと、お節もおたえも目をまるくした。

「だが、お節の苦労も報われたのだろう。めでたいことだ」

「ありがとうございます。なんだ、わたし、なんだか恥をかきに来たみたいじゃない」

お節は照れくさそうに笑ったあとで、

「それじゃわたしはこれで失礼いたします。おたえちゃん、しっかりこの店を守ってね。江戸に戻ってきたら必ず寄らせていただきますから」

お節は立ちあがると、丁寧に頭を下げて店を出た。おたえが慌てて追いかけた。

清兵衛は急いで鼻紙を取り出すと、それに財布を包んだ。

「ここでいいわ。見送られるのは苦手だから」

お節は提灯のあかりを受けていた。

その顔には若い頃の面影が色濃く残っていた。

清兵衛は「昔のままではないか」と、我が目を疑いたくなったが、それはまわりの闇のせいだとわかっていた。

「では……」

お節が腰を折ったとき、清兵衛は声をかけた。

「お節、苦労の甲斐があったな。幸せになるんだぜ」

そういってから鼻紙に包んだ財布をにぎらせた。

「こんなこといけません」

「何をいうか。心ばかりのはなむけだ。おれの厚意を無駄にするんじゃねえ。さあ」

お節は引き結んだ唇を小さくふるわせ、

「昔の銀さんに戻ったみたい。嬉しい。ありがとう」

と、目尻に涙を光らせた。

「達者でな」

「銀さんも……。では、これで失礼します」

清兵衛が「うん、うん」というようにうなずくと、お節はそのまま歩き去った。ときどき着物の袖で涙を拭ったが、二度と振り返りはしなかった。

「な、なんていい人なのよ」

おたえが目に涙をいっぱい溜めてつぶやいた。

「お節さんも、桜木様も……」

そのままおたえは、しゃがみ込んで号泣した。

第五章　胴巻き

一

土砂降りだった。

それに風が強く、傘は役に立たなかった。清兵衛が突然の豪雨に祟《たた》られたのは、富ケ岡八幡宮に行っての帰りだった。

たまには遠出をと思って出かけたのだが、とんだ災難である。

傘を持って家を出なかったので、永代寺門前の店で買い求め、そのまま歩いていたが、永代橋をわたる頃から雨風がひどくなり、すでに着物はびしょ濡れだった。

「ひどいことになった」

素麺《そうめん》問屋の庇の下で雨宿りしながら暗い空を見あげる。

家を出るとき曇ってはいたが、雲の隙間に晴れ間ものぞいていたので、大丈夫だと思ったのだ。ところが、ぱらぱらと雨が落ちてきたかと思うや、いきなり大粒の雨が地面をたたきにきた。

清兵衛と同じように雨に慌てている男や女がいた。日本橋川に架かる豊海橋を、尻端折りしながら裸足でわたる男がいれば、買い物籠を傘代わりにして逃げるように走る女もいる。濡れ鼠になった車力が、大八を引いて隣の糠問屋の庇に入った。

目の前の日本橋川は雨に打たれ、つぎつぎと波紋を作っている。道にはあちこちに水たまりができていた。

「こりゃあ、やみそうにないな」

肚をくくって濡れるのを覚悟で歩き出したとき、下腹が痛くなった。

（うん……）

腹を押さえて雨のなかを歩きだしたが、しばらく行ったところで便意を催した。

我慢してそのまま歩くが、どうもよくない。

尻に力を入れて漏れないように歩く。

（こりゃあ家まで持ちそうにない）

焦りながらまわりを見る。

商家はあるが、厠を貸してもらうのは恥ずかしい。

かといって五十過ぎの男が漏らしでもしたら、もっとみっともない。尻に力を入れるだけでなく、傘の柄を持つ手にも力が入る。

（これはいかぬ）

焦った清兵衛は浜町にある一膳飯屋に飛び込んだ。

「茶漬けをくれるか。それから厠はどこにある？」

床几に座るなり、店の者に注文をして聞いた。

厠は店の裏にあった。飛び込むなりほっと安堵しながら、何かあたったかと考える。

富ケ岡八幡に詣る前に、小さな飯屋に入って酒一合を飲んでいた。そのとき、鰺の酢じめを肴にしたが、ぬるっとしていていやな臭いがした。

気にせず食べてしまったが、

（あれがあたったか……）

と、用を足しながら、あきれたように首を振った。

すっきりして店に戻ると、すぐに茶漬けが運ばれてきた。食欲はなかったが、出すものを出したので、さらさらっとかき込む。

一息ついて茶を飲みながら、他にも客がいたことに気づいた。二人組の職人と、齢六十とおぼしき、みすぼらしいなりをした老人がいた。

老人は湯呑みを包むようにして茶を飲むと、勘定をして出て行った。清兵衛が遅れて店を出ると、先の老人が傘も差さずにとぼとぼ歩いていた。腹のあたりを両手で押さえるようにして歩いているので、具合でも悪いのかと心配になった。

「どこへまいるのだ？」

清兵衛は傘を差しかけて声をかけた。

老人が驚き顔で振り向く。鬢も顔も雨で濡れている。

「傘がないようだが送ってまいろう。ま、この雨だから傘もあまり役には立たぬが、少しはしのげるだろう」

「ご親切ありがとうございます。すぐ近くですから、どうぞおかまいなく」

老人は頭を下げた。やはり腹のあたりを両手で押さえたままだ。

「どこか具合が悪いのではないか……」

よく見るとあまり顔色もよくない。

「いえ、なんともありませんので」

老人はぺこっと頭を下げて先に歩いて行った。

清兵衛はしばらく見送って後を尾けるように歩いた。

どうにも心配である。老人の足取りはしっかりしているようだが、やや前屈みで腹のあたりを庇《かば》うようにしている。

新川沿いの河岸道から一ノ橋をわたり、川口町まで行くと、小さな旅籠《はたご》がある。江戸と上方を往復する菱垣廻船や樽廻船の船乗りたちが利用する安宿である。そんな旅籠が霊岸島にはいくつかあって、その一軒だった。

老人は旅籠にそのまま消えた。清兵衛は「伊丹屋」と看板を下げた、その旅籠をひと眺めして自宅屋敷に帰った。

二

翌日は昨日の雨が嘘のように、朝から青空が広がっていた。富士山がはっきり見え、江戸湾の遠くに浮かぶ漁舟《いさりぶね》もよく見えた。

「昨日はひどい雨でしたね」

茶を運んできたおいとが、いつもの笑顔を向けながらいう。清兵衛は甘味処「やなぎ」にいるのだった。

「昨日、富ヶ岡八幡に行ったのだが、まったくの災難だった」

「何かあったのですか？」

「土砂降りの御利益に与《あずか》ったのだ」

「あらあら、それは大変でした」

おいとは首をすくめて笑った。

「今日にすればよかったな」

「だったらこれからまた行かれたらいかがです。今日は雨は降りませんよ」

清兵衛はそうだなと応じて、真っ青な空を仰ぎ見た。鳶《とび》が楽しそうに舞っていた。

それから茶に口をつけたとき、稲荷橋をわたってくる老人に気づいた。

「昨日の年寄りだ」

清兵衛のつぶやきに気づいたおいとも、橋をわたってくる老人を見て、

「あの人、二、三日前から行ったり来たりしているんです。何か探し物でもあるのかしら……」

おいとはきょとんと小首をかしげて板場に戻った。

老人は床几に座っている清兵衛には気づかずに前を通り過ぎた。昨日と同じように腹のあたりを両手で押さえている。

(はて、いったい何をしているのだ)

清兵衛は胸のうちで疑問をつぶやいて老人を見送った。

茶を飲み終わると、いつものように近所をぶらつくのが清兵衛である。早く家に帰れば、安江に何かと小言をいわれる。本人にそのつもりはないのだろうが、どうしても邪魔者扱いされているような気がする。

(年寄りのひがみかもしれぬが……)

そう思いつつも、暇つぶしに散策するのが日課である。

南八丁堀三丁目に来たときだった。さっきの老人が、若い職人と揉めていた。

「何遍いやわかるんだい。いねえもんはいねえといってるだろ」

「だけど、行き先ぐらい知っているんじゃありませんか」

「それも知らねえよ。おりゃあ、忙しいから他に行ってあたってくれ」

「ちょいとお待ちを……」

職人は老人に袖をつかまれたので、「いい加減にしろよッ」と、振り払った。

「あいたたたッ……」

振り払われた老人は倒れて腰を押さえ、痛そうに顔をしかめた。

「乱暴はいけねえな。大丈夫かい……」

清兵衛は若い職人を一にらみして、老人に手を貸して立たせた。

「いったいどうしたのだ？」

職人を見ると、

「このじいさんの倅がうちの長屋に住んでいたんですよ。その倅を捜しに来てんですが、一月ほど前に出て行って、行き先なんてわからないんです。それでも、このじいさんが何か知っているんだろうとしつこいんです。長屋の連中もいい加減迷惑してんです」

「倅を捜しているのか？」

清兵衛は老人を見た。

「へえ、浅吉《あさきち》というあっしの一人息子なんです。そこの長屋に住んでいると思い、訪ねてみれば引っ越していないことがわかりまして、ほうぼうを捜しているんですが、見つからないんです。それで長屋の人が何か知っているのではないかと思いまして……」

老人はぐすっと洟《はな》をすすり、申しわけなさそうな顔をする。

「行き先なんて誰も知らないんですよ。夜逃げするように、何の挨拶もなしに出て行ったんですから……」

職人は不機嫌な顔でいう。

「さようか。お年寄り、わたしが手伝ってやろう。だが、その前に話を聞かせてくれ」

清兵衛は老人を近くの茶屋に連れて行って話を聞いた。

「藤沢から見えたのか。それはまた遠方から大変であるな」

「へえ。女房が半年前にぽっくり逝っちまいまして、あっしも永くは生きられないでしょう。それなら、いっそのこと倅の夢だったそば屋を、持たせてやろうと思ってんです」

年寄りは顔に悲壮感を漂わせていう。

清兵衛はこういう人を見ると、じっとしておれなくなる。ますます力になってやろうと思った。

「倅はそば職人の修業をしているといったが、どこで修業をしているのか、それはわかっているのだろうな」

「京橋の近くにある『やぶ久』という店です」

その店なら清兵衛も知っている。ときどき足を運び、卓袱をよく食べる。

「店には行ったのだろうな」

「はい、それが……」

老人の名は吾作《ごさく》といい、倅は浅吉という名だった。

「それが、いかがした？」

「倅は店の金を奪って逃げたそうで……」

吾作は申しわけなさそうにいう。

店の金を盗んで逃げたというのであれば、盗人である。

「いくら盗んだのだ？」

「店の人は六両だといいました。あっしは、倅の仕業なので、その六両を払って勘弁してもらったんですが……」

「肝心の倅がどこにいるかわからない。そういうことか……」

吾作はこくんとうなずく。

「倅を捜す何か手掛かりはないのか？」

吾作はありませんと首を振ってから、

「でも、なぜ親切なことを……」

と、不思議そうな目で清兵衛を見る。

「わたしは隠居の身だ。暇はたっぷりあるから助をしよう」

三

「そう、そんなお年寄りが……」

清兵衛から吾作のことを聞いた安江は、針仕事の手を休めずに、

「藤沢から大変だったでしょうに」

と、言葉を足した。

「腰があまりよくないらしいのだ。ま、それはともかく年を知って驚いた。五十五歳なのだ。わしとさほど変わらないのに、ずいぶんな老けようでな。てっきり還暦を過ぎていると思ったのだが、じつはわしの三つ上だった」

「それだけ苦労なさったのでしょう」

「うむ、藤沢の大鋸町《だいぎりまち》で木工職一筋にやってきて、ようやく仕事に見切りをつけたらしいのだ。女房は半年前に亡くなったそうだから、何かと不自由しているの

かもしれぬ」

「それで浅吉という息子さんはどうしているのです？」

「それがわからぬから捜しているのだ。今日は長屋の住人を片端からあたっていったのだが、誰も行き先など聞いていないし、その後姿も見ていないという」

「それじゃ捜しようがないのでは……」

安江は糸を噛んで切った。

「浅吉は京橋の『やぶ久』ではたらいていて、店の金を持ち逃げして姿を消したのだ」

「それじゃ泥棒ではありませんか」

縫い終えた雑巾《ぞうきん》をたたんでいた安江は驚き顔をした。

「たしかに泥棒ではあるが、吾作が弁償したので店も咎め立てはしないそうだ。明日は『やぶ久』であれこれ聞いてみようと思う」

「いくら盗んだのです？」

「六両だと聞いた。何かよほどのわけがあったか、悪い女に引っかかったか、それはわからぬ。だが、一人前のそば職人になって、いずれは藤沢に店を出すと、固い決意をして江戸に来ているのだから、その志を忘れてはいないはずだ」

「立派な志があるのに、店のお金を盗むというのはいただけませんね」

「たしかにそうではあるが……」

「さて、夕餉の支度をしましょう」

安江は立ちあがって台所に行こうとしたが、すぐに足を止めた。

「それであなた様は、その吾作さんの手伝いをしてあげるのですね」

「事情を聞いた手前放ってはおけぬだろう。たとえ倅が悪党に成り下がっていたとしても、捜してやるつもりだ。道を外していたとしても、父親に会えば心を正すかもしれぬ」

「わたしは何も申しませんが、あなた様もいいお年なのですから、あまり無理なさらないようにお願いしますわ」

「おのれのことはよくわかっておるさ」

安江は台所に行きながら一言つぶやいた。

「そうかしら」――と。

(また一言多いのだよ)

清兵衛は内心で愚痴《ぐち》り、ひょいと首をすくめた。

翌朝、清兵衛は京橋に近い新両替町一丁目にある「やぶ久」の前で吾作を待った。表通りに面した店は、間口三間ある立派な構えだ。

屋根看板も堂々としており、戸口横には竹の植え込まれた小庭があり、地面は青苔で覆われていた。

しかし、店はまだ開いておらず、表戸も閉まったままだった。

目の前は日本橋からはじまる東海道なので行き交う人の数が多い。かつてこの地には銀座があり、寛政年間に蠣殻町《かきがらちょう》へ移転したのちも銀座という名称が残っている。現代の銀座一丁目あたりである。

通りの両側には、そば屋の「やぶ久」の他に、小間物屋・鼈甲櫛《べっこうくし》笄《こうがい》屋・絵具染草問屋・醤油酢問屋・乾物屋・紙煙草入問屋・京菓子屋など一流店が並んでいる。

清兵衛が通りを行き交う人々をぼんやり眺めていると、白魚河岸のほうから吾作があらわれた。しかし、杖をついていて、いかにも難儀そうに歩いてくる。

「辛そうだが、いかがした？」

清兵衛は近づいて吾作を気遣った。

「へえ、あっしは腰があまりよくありませんで……しばらく痛みがなりをひそめていたんですが、今朝はどうも……」

吾作は声を喘《あえ》がせながらいった。

「まだ店は開いておらぬ。そこの茶屋で待とう」

清兵衛は近くの茶屋に吾作をいざない、通りに面した床几に座り、並んで茶を飲んだ。

「長屋では埒があかなかったが、店には浅吉の行方を知っている者がいるかもしれぬ」

「あっしが聞いたときには、誰も知らないようでしたが……」

「捜す手掛かりを知りたいのだ」

「それにしてもどうして桜木様はこんな親切を……」

吾作は疑り深い目を向けてくる。

まだ、おれを信用していないのだなと思った清兵衛は、

「吾作、あえて黙っていようと思っていたが、わたしは御番所の与力だったのだ」

と、打ち明けた。

「へっ、御番所といいますと、町奉行所ですか……」

吾作はしわ深い顔のなかにある目をまるくした。

「さようだ。これまでいろんな人捜しをやってきた。だから役に立つはずだ」

「そうだったのですか……。するとあっしは、いい人に出会ったんですね。いや、これは失礼しました」

「だが、このことはあまり人にいいたくない。よほどのことがないかぎり、伏せておいてくれるか」

吾作は「へえ」とうなずく。

「昨日もそうだったが、腹の具合も悪いのではないか？」

吾作はいつも腹のあたりに手をやっている。いまもそうで、杖をついて歩いてくるときも片手を腹にあてていた。

「いえ、これは……そのあっしの癖でして、何でもありません」

「それならよいが。ところで倅の浅吉は藤沢宿にそば屋を出したいらしいが、繁盛しそうなのかね。わたしは藤沢に行ったことがないのでな」

「それは浅吉の考えです。しかし、藤沢は東海道筋でもありますし、江ノ島や鎌倉へ向かう遊山客も多いんです。大名の泊まる本陣をはじめ、宿場には四十軒以上の旅籠があります」

「そんなにあるのか……」

清兵衛は藤沢をただの田舎だと思っていたが、そうではないようだ。

「へえ、飯屋や茶屋も多いのですが、そば屋がありません。倅はそこに目をつけたんでしょう。そば屋はないかと聞く旅人もいましてね」

「浅吉はいくつで修業に来たのだ」

「十八のときでした」

「すると足かけ七年、そば修業をしているのだな」

「どうして店に迷惑をかけることをしていなくなったのか……」

吾作は小さなため息をついた。

そのとき、「やぶ久」の表戸が開かれ、店の者が出てきた。

「店が開いたようだ。行ってみよう」

清兵衛は先に立ちあがった。つづいて吾作も立とうとしたのだが、

「あいたた……」

と、膝を折って床几を抱くようにうずくまった。

「どうした?」

「どうも腰が、腰が痛くて……」

吾作は苦しそうに顔をしかめた。

「いかんな。よし、宿まで送っていくので、わたしの調べを待っておれ」

「しかし……」

「いいから。無理はいかん」

清兵衛は吾作を介助しながら「伊丹屋」という旅籠に送り届けて、再度「やぶ久」に足を運んだ。

四

「浅吉のことを……」

やぶ久の主は、清兵衛に聞かれるなり、顔をしかめた。

「店の金を持ち逃げしたというのは知っている。そして、浅吉の親がその金を立て替えたことも」

「ちょっとお待ちください。なぜ、浅吉のことを？」

ほとんど頭髪のない主は、訝しげに清兵衛を見る。

店は開店前で湯釜から湯気の立つ板場には、二人の若い男がいて、清兵衛と主のやり取りに聞き耳を立てていた。

「浅吉がどんな男かわたしは知らぬが、親に罪はないはず。その親に一目会わせてやりたいのだ。他意はない」

「そうおっしゃいましても……」

主は戸惑った顔を板場にいる若い二人の男に向けて、清兵衛に視線を戻した。

「浅吉は真面目にやっていたのだろうか？」

「へえ、それは真面目にやっていました。仕事は熱心でしたし、粗相もなく、そば打ちもうまくなり、料理もそれなりの腕になったのですが、まさか金を盗んでいなくなるとは思いもしないことで……」

「姿をくらますことに何か覚えはないだろうか？」

「さあ、それは……」

やはり主は首をひねる。

「浅吉は南八丁堀の長屋に住んでいたが、それは三月前からだと聞いている。その前はどこに住んでいたのだ？」

「この裏に店で借りている長屋がありまして、弟子といっしょに住んでいました。浅吉に一人住まいをさせたのは、もう一人弟子が来たからです」

「浅吉といっしょに住んでいたのは？」

清兵衛が板場にいる二人の男を見ると、

「平助《へいすけ》、こっちに来てくれるか」

と、弟子を呼んだ。

平助という弟子は、まだ幼い顔をしていた。

「浅吉がいなくなる前に何か気づいたことはないか？」

平助は短くまばたきしながら考えて口を開いた。

「浅吉さんは面倒見のいい人で、わたしには親切でした。変わったようなこともなかったですし、なぜあんなことをしたのかよくわからないんです」

「あんなこととは、店の金を盗んで逃げたということだな」

「へえ」

「どんな小さなことでもいい。何か気になることはなかったか？」

清兵衛は平助のにきび面をまっすぐ見る。

「気になること……。そうですね、もうすぐ店を持てるかもしれないといったことがありました」

「もうすぐ……それはいつの話だ？」

「一月ぐらい前でした。ちょうど浅吉さんがいなくなる前だったと思います」

「主、浅吉に暖簾分けの話でもしたのかね」

清兵衛は主を見た。

「いえ、それはまだ先のことだと考えていました。もっとも店を張れるほどにはなっていましたが……」

「そうか」

清兵衛は短く思案した。

浅吉は一月前に店を持てるかもしれないといって、そのあとで行方をくらましている。つまり、浅吉が南八丁堀の長屋に住んでから、何か変化があったと考えていいだろう。

「主、店の金を盗まれたことを御番所に届けはしなかったのか？」

「金が盗まれたことに気づいたときは、そうしようと思ったのですが、六両の金で名主や家主に面倒をかけると思うと、二の足を踏んだんです。女房にも手切れの金だと思えばいいではないかといわれまして」

町奉行所に訴えを出し、事情を説明するときには、世話役として町名主や家主を同伴させなければならない。同伴させればそれなりの礼も必要だし、手間をかけさせることになる。それが面倒だったのだろう。

その後、浅吉の女関係や、友達関係を聞いたが、店にいる間のことはわかるが、それ以外のことはよくわからないという。結局、浅吉捜しの手掛かりになるようなことは聞けなかった。

「やぶ久」を出た清兵衛は、昨日訪ねたばかりだが、もう一度浅吉が住んでいた長屋に足を運んだ。

「何度も悪いが、もう一度話を聞かせてくれないか」

清兵衛が訪ねたのは、八十吉《やそきち》という居職の錺師《かざりし》だった。

「今日は何を話せばいいんです」

八十吉は面倒くさそうな顔をした。

作りかけの簪から金槌を離して膝許に置いた。

「浅吉を訪ねてきた女はいなかっただろうか？」

「女はいませんでしたよ。顔は見ていませんが、たまに男が来たぐらいです」

これは初耳だった。

「男というのは店の者ではなかったのだな」

「店者ではなかったはずです。板壁一枚ですから話し声を聞きましたが、年のいった男のようでした」

「どんな話をしていたかわかるか？」

「いえ、世間話めいたことでしたが、あとは声をひそめたのかどうかわかりませんが、聞こえてきませんでしたよ」

「その男を見た者はいないだろうか？」

「おかつさんなら、いつも表で子供をあやしているから知っているかもしれません」

清兵衛はおかつの家を教えてもらった。

おかつは井戸端で赤子をあやしていた。

「友達かどうかわかりませんよ。三十ぐらいだったかしら、浪人のようでした。でも、一度見ただけです」

「その浪人はどんな男だった？」

「なんだか怖そうな顔をしていました。でも、身なりは悪くなかったですよ」

「その男が来たのはいつ頃だ？」

「……一月ぐらい前だったかしら」

おかつは少し考えたあとで答え、背中の赤子によしよしと声をかけた。そのとき、木戸口から油売りが入ってきた。

「油うぃー、菜種油に胡麻油、油うぃー……」

油売りはそばまで来て、引き返そうとした。

「ちょいとしばらく」

清兵衛は呼び止めた。

「へえ」

てっきり買ってくれるものと思ったのか、油売りは目を輝かせた。

「一月ほど前まで、そこに浅吉という男が住んでいたが、油を売ったことはないか？」

「浅吉さん……」

「ここから三軒目の右の家よ」

おかつが言葉を添えると、油売りは売りましたよと、あっさり答えた。

「ちょいと色男だったじゃないですか。あっしは覚えていますよ」

「その浅吉が油を買ったとき、家に誰かいなかったか？」

油売りは視線を短く泳がせてから、

「そんときゃいませんでしたが、柳町の飲み屋に入るのを見ましたよ。四、五日前でしたかね」

という。

「四、五日前……」

「お侍といっしょでしたよ」

「柳町の何という店だ？」

「店の名はわかりませんが……」

「その店に案内してくれぬか。礼はする」

ようやく手掛かりをつかんだ清兵衛は、目を光らせた。

五

油売りが案内したのは、柳町のなかほどにある「さぬき屋」という居酒屋だった。しかし、夜商いの店なので当然戸は閉まっている。試しに戸をたたいて声をかけたが、返事はない。

清兵衛はどうしようかと、短く考えて、隣の菜屋を訪ねた。

「隣の店の主の住まいはわからぬか？」

「……『さぬき屋』さんなら炭町の源七《げんしち》長屋ですよ」

菜屋の主は煮染めを大皿に盛りながら答えた。

清兵衛はすぐに源七長屋に向かった。

浅吉は住んでいた南八丁堀の長屋と、奉公していた「やぶ久」に近い場所に姿を見せている。遠くに逃げたのではなく、この近所に住んでいるのかもしれない。

源七長屋はすぐにわかった。

「さぬき屋」の主・茂蔵《しげぞう》は、お常《つね》という女房と二人暮らしで、店も二人でやっていた。

「四、五日前ですか……」

茂蔵は遅い朝飯の最中で、箸を置いて清兵衛を見た。

「侍といっしょだったはずだ」

「それじゃあの人じゃないの。ほら、お侍に叱られてうなだれていた若い人よ」

そういったのは、茶を淹れていたお常だった。

「どんな話をしていたか覚えていないか？」

「さあ、それは……でも、浅吉という人かどうか知りませんが、金を返してもらいたいようなことをいっていました。お侍は約束は守るみたいなことを話していたような気がします。それなのに、低声《こごえ》で説教してるみたいで……」

「その侍のことはわからぬか？」

お常は小首をかしげてわからないといったが、今度は亭主の茂蔵が、

「あの侍は小沼《こぬま》道場の門弟じゃねえかな。どうも見た顔だと思っていたが、たしかあの道場に通っている人だよ」

と、新たなことを口にした。

「小沼道場……南鞘町にある道場かい？」

清兵衛は小沼道場を知っていた。小さな町道場で、師範の小沼義一郎《ぎいちろう》は、中西《なかにし》派一刀流中西道場から独立した男だった。すでに六十の坂を上っている老人で、清兵衛は何度か立ち合ったことがある。

「さいです。あっしの見間違いでなければ……」

茂蔵は少し自信なさそうにいったが、貴重な証言だった。

「その侍の顔つきや体つきを教えてくれないか」

「中肉で背は旦那さんぐらいだと思います。年は三十ぐらいでしょうか」

「あたしゃ覚えてますよ」

女房のお常が口を挟んでつづけた。

「額が広くて太いげじげじ眉のわりには、目が小さいんです」

それだけ聞けば十分だった。

礼をいって長屋を出ると、南鞘町の小沼道場に向かった。

歩きながら吾作のことを案じた。腰を痛めていながら、江戸にいる倅に会いに来たのには、自分にも打ち明けていないわけがありそうだ。

それに吾作は顔色がよくない。どこか体を病んでいるようにも見える。いつも腹のあたりを押さえているので、臓腑が悪いのかもしれない。

小沼道場に行くと、道場の床に雑巾がけをしていた門弟に声をかけて名乗り、小沼義一郎に取次ぎを頼んだ。

若い門弟はすぐに戻ってきて、母屋の玄関まで案内してくれた。

「やはり、御番所の桜木殿でしたか」

玄関に入るなり、小沼義一郎がにこやかな顔であらわれた。

「お久しゅうございます。息災のようでなによりです」

「桜木殿もお元気そうですな。さ、遠慮せずに、おあがりください」

「それには及びません。少し急いでいますので、二、三伺わせてください」

「なんでございましょう？」

「ある年寄りの倅を捜しているのですが、なかなか手掛かりをつかめず往生しているのです。しかし、その倅がこちらの道場の門弟といっしょだったという話を聞きまして、その門弟のことを教えてもらいたいのです」

「ほう、その門弟の名は何でしょう？」

「名はわかりません。額が広くげじげじのように太い眉、目は小さく中肉で、年は三十ぐらいです」

小沼は少し考えたが、

「おそらく高野圭次郎《たかのけいじろう》だと思います。いまは通っていませんが、熱心な男でした」

と、いった。

「どこに住んでいるかわかりますか？」

「少々お待ちを……」

小沼は奥に引っ込み、しばらくして帳面を広げながら戻ってきた。

「帳面には本八丁堀三丁目の与一《よいち》店となっていますが、これは入門時のものですから、いまもそこにいるかどうかわかりませんよ」

「それだけわかれば助かります。突然の訪《おと》ない、失礼いたしました」

「いつでも遊びに来てくだされ。桜木殿とはもう一度立ち合いを望みたいところですが、わたしもいい年になりましたので無理はできません」

「矍鑠とされているではありませんか」

「そうでもないのです。体のほうぼうが衰えています。寄る年波には勝てぬというやつです」

小沼は自嘲の笑みを浮かべたあとで、

「調べ事は御番所のお役目で……」

と、聞いた。

「いえ、役目を退《しりぞ》き、いまは隠居の身です」

「それはまた早すぎるのでは……」

「いろいろとあるのです。あらためて遊びに来ますので、そのときにでもお話ししましょう」

「では、そのときを楽しみにしていましょう」

「それで高野圭次郎は浪人でしょうか？」

「あれは無役の御家人です。仕官の口を探しているようではありましたが、そのじつ何をやっているのかまでは、わたしにはわからぬこと」

「お忙しいところ助かりました。では、またあらためて」

小沼道場をあとにした清兵衛は、今度は本八丁堀三丁目の与一店に向かった。

浅吉捜しの手掛かりになる場所が近いところばかりというのは救いだった。

与一店は町の北側にあった。それは木戸門を入ったときだった。

「ええい、もう勘弁ならぬ！」

怒声が聞こえたと思ったら、一軒の家から抜き身の刀を持った男が、路地に転がるように飛び出してきた。

六

はっとなった清兵衛が足を止めると、別の男が戸口から出てきて、先に飛び出してきた男に斬りかかった。

先に出てきた男は、横に転がりながら立ちあがると、背後の板壁に背中を預けて刀を中段に構えた。

「きさま、殺してやる」

酒樽のような体をした男が、もう一度斬り込んでいった。板壁に背中を預けていた男は、その一撃を撥ね返して飛びすさって井戸端まで逃げた。

その男こそ、清兵衛が捜していた高野圭次郎だった。その高野を酒樽のような男が追いかけて、袈裟懸けに斬り込んだ。

「やめろ、やめぬか！」

高野は相手の刀をすり落としてから怒鳴った。

「まんまと騙《だま》された。きさまの口車に乗ったばかりに、おれは大損をしたのだ！　殺されたくなければ、金を返すんだ」

酒樽が高野をにらみながらいう。

「だから、それはいまはできぬといっているだろう。神崎《かんざき》、少し待ってくれ」

「いや、待てぬ」

神崎と呼ばれた酒樽のような男は、大上段に構えて高野に迫った。

「やめやめ、やめぬか！」

清兵衛は怒声を発して間に入り、高野を庇うように立った。

「何だおぬしは、おぬしも高野の仲間か？　であるなら、きさまも斬り殺してくれる」

神崎は「どりゃ！」と気合いを発するなり、ほんとうに斬りかかってきた。

清兵衛は刀を払い抜くと同時に、神崎の刀を撃ち返した。

狭い長屋のことなので、騒ぎを知った住人たちが戸口から顔を出していた。

「くそっ……」

神崎は目を吊りあげ、右八相に構えて間合いを詰めてくる。

「やめろ、やめるのだ。こんなところでの斬り合いなど言語道断」

「ほざけッ！」

神崎は清兵衛の制止も聞かずに、また撃ち込んできた。清兵衛は腰をわずかに落としながら、神崎の一撃をすり落とすなり足払いをかけた。

足を払われた神崎はそのまま腰から落ち「あたたた……」と、顔をしかめて腰に手をあてた。

清兵衛がすっと足を進めると、神崎はギョッと目をみはって立ちあがり、大きく下がった。

「くそ、高野ッ。きさまのことは絶対に許さぬからな。覚えてやがれッ」

神崎はそのまま腰を押さえながら、長屋を出ていった。

「危ないところかたじけない」

高野が荒い呼吸をしながら礼をいった。

「高野圭次郎だな」

清兵衛が問うと、高野はげじげじ眉を動かして驚き顔になった。

長屋の連中は騒動が収まったことで、誰もが胸を撫で下ろすような顔をしていた。

高野は先に立って清兵衛を案内した。

「拙者に……いったい何を？　ま、いいでしょう。では家のほうで……」

「桜木清兵衛という。おぬしに聞きたいことがあるのだ」

「あなたは？」


「浅吉という男を捜しているのだが、おぬしは知っているな？」

清兵衛は高野の家に入るなり切り出した。

「ま、知っていますが……そば屋の奉公人ですね」

「いや、もう店はやめている」

高野はへっと意外そうな顔をした。

「どこにいるか教えてもらえまいか。用があって来たのはそれだけだ」

「浅吉の居所なら、拙者もわからぬのです。ただ、見当はついていますが……」

「ならば、その見当を教えてくれないか」

「ちょっとお待ちくださいよ。いったいどういうことなんです？」

「話せば長くなるが、浅吉の父親が会いに来ているのだ。ところが、浅吉は店をやめ、住んでいた長屋も出ている。一月ほど前のことだ。わたしは何としてでも浅吉を捜して、父親に引き合わせなければならぬ」

「じつは拙者も浅吉のことを心配しているんです」

清兵衛は眉宇《びう》をひそめた。

「どういうことだ。おぬしは四、五日前に柳町の『さぬき屋』という居酒屋で浅吉に会ったばかりではないのか」

「どうしてそのことを……」

高野はげじげじ眉の下にある小さな目をまるくする。

「浅吉を捜すためなら何でもする。この長屋も調べたうえで来たのだ」

「いったい誰に拙者のことを？」

「小沼道場だ。とにかく浅吉の居所に見当がついているなら教えてくれぬか」

「見当はついていますが、はたしていま頃生きているかどうか……」

「なんだと」

「じつは拙者は頼母子《たのもし》講をやっていまして、浅吉をその講に誘ったのです。ですが、親になっている講元が、集めた金を持って行方をくらましたのです」

「頼母子講……」

清兵衛は小さくつぶやいた。なんとなく読めてきた。

「さぬき屋」の女房・お常は、浅吉が高野に金を返してくれといっているのを聞いている。そして、高野が浅吉を叱っていたようだといった。おそらく高野は、浅吉が都合した金を返せなくなりいいわけをしていたのだろう。

さらに、浅吉は奉公していた「やぶ久」の若い男に、もうすぐ店が持てるかもしれないといっている。

浅吉は頼母子講で、店の元金を作るつもりだったのかもしれぬ。

「すると、さっきの神崎という男も、おぬしの勧めで頼母子講に入った口なのだな」

「さようです。わたしもこんなことになるとは思っていなかったので、弱っているのです」

「おぬしに誘われた者はもっと弱っているだろう。浅吉とはどこで知り合ったのだ？」

「南八丁堀の飯屋です。たまたま席が同じになりまして、話をしているうちに金儲けをする気はないかと誘いかけますと、目を輝かせて大いにあるといいます。それで頼母子講の話を持ちかけますと、すぐ話に乗ってきたんです」

どうせ言葉巧みに誘いかけたのだろう。

「ただし、掛け金がいると申しますれば、いくらだと聞くのでさしずめ三両もあればよいだろうと話しますと、元金が十倍になるなら五両出すといって持ってきました」

「しかし、その元金を講元が持ち逃げした。そういうことなのだな」

「おっしゃるとおりで……」

「するとその講元を浅吉が捜しているということだろうか?」

「おそらくそのはずです。拙者が預かった金は講元にわたしていますので」

「その講元には、おぬしも金を預けているのだな」

「拙者と神崎は二両ですが……」

高野は尻すぼみに答えた。

頼母子講にはいろいろな形態があるが、発起人の講元が勧誘した「子」から一定の掛け金を集め、籤《くじ》や入札によって給付者を決める。給付される金額は、「子」が多ければ多いほど高額になる。

給付された者はその金を自由に使っていいのだが、つぎの講日には他の「子」たちのためにまた掛け金を出し、その金が別の「子」にわたるという仕組みである。

「おぬしは何人誘ったのだ？」

「三人です」

「その三人はさっきの男のように損をし、おぬしを恨んでいることになるな。浅吉もそうだろう」

「恨まれることになるとは思ってもいませんで……」

「おぬしはその三人に申しわけないことをしたと思っているのだな」

「そりゃあもう……」

「だったら浅吉をいっしょに捜すのだ」

「浅吉捜しの助をしろと……」

「そうだ。さっき、浅吉が生きているかどうかわからないと、不吉なことを口にしたではないか。おぬしにはそれだけの責任があるはずだ」

「親になっている講元は手練れです。金を返せと、まともに取り合っても、相手はいい掛かりだと撥ねつけ、悪くすれば刀にものいわせるかもしれません」

「刀を抜かれるのが怖いか。おぬしは曲がりなりにも侍であろう。他人に不利益を与え、責任を取らぬのは武士の恥ではないか」

「おっしゃるとおりでしょうが……」

「なんだ、責任も取らずに逃げるつもりか。そんな卑怯な真似はできぬはずだ。武士の心意気があるなら、損を与えた者におのれの命を擲《なげう》ってでも、償いをするのが本道であろう」

高野はうなだれて下を向いていたが、ゆっくり顔をあげて、

「わかりました。浅吉を捜します」

と、いって唇を引き結んだ。

七

集めた金を持って逃げた講元は、佐々木《ささき》浩一郎《こういちろう》という男だった。以前は南大坂町にある若月《わかつき》道場で師範代を務めていたが、生活苦に陥り、頼母子講をはじめたと、高野圭次郎は話した。

「おぬしが誘ったもう一人は何もいってこないのか？」

清兵衛は佐々木浩一郎が住んでいた家に向かいながら、高野の横顔を見る。

「講元が金を持ち逃げしたのを知らないのです。薬の行商をやっている左兵衛《さへえ》という者ですが……」

「左兵衛はいくら出したのだ？」

「三両です。講元になった佐々木さんは、元金の十倍は戻るようにするし、そうなる絡繰《からく》りだし、少しも損することはないと豪語したのです。すっかり信用していたのですが、まさか裏切られるとは思いもしないことで……」

「おぬしに誘われた者は、おぬしに騙されたと思っているはずだ」

「……たしかに」

高野は悄気《しょげ》たように答える。

「すると、おぬしの出した金を合わせると、十二両を佐々木は持ち逃げしたということになるが、他にも子はいるのだろう」

「それは佐々木さんしか知らないことですが、十人、いえ二十人はいると思います」

「仮に一人頭、三両出していたとすれば、ざっと見積もって六十両か……」

清兵衛は独り言のようにつぶやく。六十両は大金である。贅沢をしなければ、年に三両あれば親子四人が暮らせる世の中である。

「その先です」

高野は日本橋瀬戸物町に入ってから、一方にある長屋の木戸口を指さした。二階建ての長屋で、路地の上には縄を通してあり、それに洗濯物が干されていた。

佐々木浩一郎は木戸口から三軒目に住んでいたが、当然いまはいない。腰高障子には「空家」という張り紙があった。

「長屋の連中に話を聞くのだ。佐々木がどこへ越したか知っている者がいるかもしれぬ」

「はい」

高野は素直に応じて一軒の家を訪ねていった。清兵衛も他の家を訪ねて、佐々木の行き先に心あたりがないか聞いていく。

しかし、佐々木浩一郎の居所を知っている者は誰もいなかった。

「つぎだ」

清兵衛は調べを終えたあとで高野にいった。

「つぎって……？」

「おぬしは見当がついているといっただろう」

「先にそっちに行けばよかったのではありませんか」

「つべこべ申すな。おぬしのいう場所はこの先ではないか」

「ま、そうですが……」

長屋を出た二人は、小網町に足を向けた。行くのは小網町二丁目にある「太鼓楼」という料理屋だった。

「ここで何度か寄合いをしているんです。佐々木さんは店の者と懇意にしていまして、お七《しち》という仲居とできています」

「その仲居はいるだろうか？」

「聞いてみます」

先に高野が店に入り、お七のことを訊ねた。

「お七はやめましたよ。十日ほど前のことです」

応対にあたる番頭が答えた。

「ならば、お七の住まいを教えてくれぬか」

「お七に何かあったんでございますか？　他にもお七のことを聞きに来た人がいるんですが……」

「用はお七にあるのではない。佐々木浩一郎という浪人が来ていたであろう。その佐々木殿を捜しているのだ。お七と通じていた人だ」

「はあ、でしたらお教えしますが、佐々木様はしばらく見えていないのでどうなさっているのだろうと、店の者と話をしていたところなんです」

「他に聞きに来た者がいたといったが、それはどんな男だった？」

清兵衛が口を挟んで番頭に聞いた。

「町人のなりをした若い人でした。落ち着かないというか、ずいぶん慌ててる様子でした」

「年は二十五、六に見えなかったか？」

「そういわれれば、そんな年だったと思います」

浅吉かもしれないと、清兵衛は思った。

「それでお七の長屋だが……」

高野に請われた番頭は、お七の長屋を教えてくれた。

その長屋は小網町三丁目、汐留橋の近くにあった。

お七は引っ越しはしていなかったが、留守である。

高野と手分けして聞き込みをすると、お七は三日前に帰って来て、風呂敷を担いですぐに出て行ったことがわかった。

その行き先はわからないが、十日前まで一人の侍が居候していたという。教えてくれたのはお七の家の向かい側に住むおかみだった。

「その侍は佐々木浩一郎といわなかったか？」

高野が気負い込んだように聞いた。

「さあ、名前は知りませんが、体の大きい人でした」

「眉がうすくて団子鼻ではなかったか？」

おかみは少し間を置いてから、そんな顔だったといった。

「桜木さん、佐々木浩一郎に間違いありませんよ」

高野が清兵衛を見ていった。もう佐々木のことを呼び捨てにしていた。

しかし、いま佐々木とお七がどこにいるかはわからない。二人がおかみに背を向けると「あのぉ」と、遠慮がちな声で呼び止められた。

「お七さんを捜しに、昨日も若い人が来たんですけど、あの人何かやったんですか？」

おかみは小さくまばたきをして、清兵衛と高野を見た。

「その若い男は、二十五歳ぐらいではなかったか」

「そんな年恰好でしたね。なんだか気の弱そうな人でしたが……」

清兵衛はまた浅吉だと思った。

浅吉は必死になって、出した金を取り返そうとしているのだ。

「桜木さん、このあとどうされます？」

お七の長屋を出たところで高野が聞いてくる。

「佐々木は道場で師範代をやっていたといったな。そうすると、道場には佐々木と仲のよい門弟が何人かいるはずだ。その者たちに会って、佐々木が行きそうな場所を聞いてくれ」

「桜木さんは……」

「もう一度、『太鼓楼』に行ってみよう。お七のことをよく知る仲居から、何か引き出せるかもしれぬ」

八

もう日が暮れる。

吾作は窓から見える八丁堀の町屋を眺めていた。

武家屋敷の甍《いらか》が西日を照り返していた。旅籠の前には堀川が流れていて、河岸地になっている。そこに猪牙《ちょき》やひらた舟などがつけられていた。

腰の痛みは幾分やわらいだが、立ちあがったり座ったりするときがきつい。階段の上り下りも辛いので、その日はほとんど横になって休んでいた。

吾作は窓辺を離れると、煙草盆の前に座って煙管を吹かした。

こんなところにいても浅吉には会えない。

どうして世話になった店に後足で砂をかけるようなことをして、行方をくらましたのだ。

（いったいどこで何をしているんだ……）

灰吹きに煙管を打ちつけて、長いため息をついた。

（そうだあの桜木というお侍……）

吾作は清兵衛の顔を脳裏に浮かべた。

どうして親切をしてくれるのだろうか？　親切は嬉しいが、そのまま信用してよいかどうかわからない。

元は町奉行所の与力だといったが、ほんとうだろうか。

（ひょっとすると……）

吾作は胴巻きを着けている腹のあたりをさすった。

胴巻きには油紙で包んだ金が入っている。これまで辛抱しながら溜めてきた金と、土地と家を売り払った金だ。

家と土地は安く買いたたかれたが、未練はなかった。どうせ自分は先行き長くないと覚悟している。

それでも、浅吉に会わないと、死んでも死にきれない。

吾作は悲愴さを漂わせている顔を片手でさすった。指と手は長年の仕事のおかげで太くかさついている。

手の甲にはしわといっしょに、無数のしみがある。顔にも脂気がなかった。

「浅吉、どこにいるんだ……」

小さくつぶやいた。

そして、また清兵衛の顔を思い出した。

ほんとうに浅吉を捜してくれているのだろうか。親切をする振りをして、ほんとうはおれの金を狙っているのでは……。

いや、あの人はおれが大金を持っていることは知らない。気づかれてもいない。

すると、やはりあの人の親切は本物なのかと思う。他人を疑ったら切りがないが、容易く信用するのも気をつけなければならない。

そのとき、階下から声が聞こえてきた。吾作ははっと目をみはった。清兵衛の声だったからだ。

旅籠「伊丹屋」に入った清兵衛は、番頭に声をかけて、吾作の部屋を訪ねた。

「具合はどうだ？」

「へえ、おかげさまで大分楽になりました。それで浅吉は見つかったでしょうか？」

吾作は不安そうな目を向けてくる。

「まだだ。だが、浅吉が近くにいるのはたしかだ」

清兵衛はそういってから、その日調べたことをかいつまんで話してやった。

頼母子講のことを打ち明けるべきか、打ち明けぬべきか迷ったが、結局は話した。隠してもいても吾作の心配は変わらないだろうし、真実を伝えるべきだと考えたからだった。

「それじゃ浅吉は、騙され損をしていることになるんですね」

「そういうことだが、そもそも講に出した金は『やぶ久』から持ち去ったものだろう。手持ちの金がいくらあったか知らぬが、講に出した金は五両だから、店から盗んだ金の残りは一両だ。長屋も飛び出しているので、どこで夜露をしのいでるのかわからぬ」

「どうしてそんな馬鹿げたことをしたんでしょう」

吾作はぐすっと洟をすする。例によって、腹のあたりを押さえている。

「浅吉は七年も修業している。そば打ちもその他のことも、しっかり覚えているはずだ。自分で一人前になったと思えば、早く店を持ちたくなるのは人の心情ではなかろうか。そんな矢先に、五両の掛け金が十倍になって返ってくるという、うまい話が転がり込んできた。五十両あれば、店を開くことはできるだろう。浅吉は焦るあまり、まわりや自分のことが見えなかったのかもしれぬ」

「だから店の金に手をつけたと……」

「わたしはそう考えている」

「それで見つけられるでしょうか？」

「見つけるさ。浅吉は必死になって講元になった佐々木浩一郎を捜している。その佐々木を見つけられれば、浅吉も見つけられるはずだ」

「どうかよろしくお願いいたします。桜木様だけが頼りです」

吾作は痛めている腰を庇いながら頭を下げる。

「それで浅吉を見つけたらいかがする。藤沢に連れて帰るのか？」

「あっしはそのつもりです」

「なんとしてでも見つけなければならぬな」

清兵衛はそういったあとで、言葉をついだ。

「ところで、気になっているのだが、体はほんとうに大丈夫か？　いつも腹のあたりを気にしているだろう」

「あ、いえ、これは癖なんです。ついつい、手が腹のほうにいっちまうんです」

「顔色もあまりすぐれないが……」

「体のほうぼうにガタが来ているせいでしょう」

「とにかく捜す手はいくつか打ってある。早ければ明日にでも見つけられるかもしれぬ。体を休めて待っておれ」

清兵衛が「伊丹屋」を出たときに、ようようと日が暮れていった。

九

翌朝のことだった。

高野圭次郎が佐々木浩一郎を捜す手掛かりをつかんできた。

待ち合わせた京橋の茶屋で落ち合うと、早速そのことを話した。

「若月道場に松尾竜三郎《まつおりゅうざぶろう》という若い浪人がいます。その松尾が二日前に佐々木とばったり会っていました。木挽町の芝居茶屋の二階から声をかけてきたというんです」

「それで……」

清兵衛は話の先をうながした。

「松尾が二階の客座敷にあがると、名の知れた役者がそばにいて、お七という女もいたといいます。その席で松尾は、また頼母子講に誘われたが断ったといっていますが、佐々木が汐留に居を構えたと得意そうに話したと……」

汐留は芝口新町の俗称である。

「……近いな。詳しい場所は？」

「それはわかりません」

「わたしにもわかったことがある。太鼓楼でお七と親しかった、おきたという仲居がいたのだ。昨日は墓参りで店にも家にもいなかったが、今日は会えるから何かわかるかもしれぬ」

「それじゃどっちからあたります？」

「おぬしの話からすると、佐々木とお七はいっしょにいるはずだ」

「それじゃ汐留へ」

うむと、うなずいた清兵衛はすっくと立ちあがった。高野が追いかけるようについてくる。

「それにしても佐々木は羽振りがよさそうだったらしいです。拙者らから金を騙し取り、一人でいい思いをしているんです」

「許せることではなかろうな」

「無論です。こうなったら何が何でも金を取り返しますよ」

「浅吉のことを忘れるな。浅吉を捜すのが目的なのだ」

「承知しておりますよ」

二人は京橋から通町（東海道）を南へ下り、芝口橋をわたって左へ曲がり河岸道沿いに歩いた。汐留橋の南が「汐留」と呼ばれる芝口一丁目である。

清兵衛は手間を省くために自身番を訪ねた。詰めている書役と店番は知らぬ顔だった。知っていれば面倒なので、そのほうが都合よい。

「佐々木浩一郎さんですか？」

訊ねられた書役がちょっと首をひねって、若い店番を見た。

「越してきたご浪人ではないでしょうか。この裏通りの外れに貸家がありまして、そこに住みはじめた人だと思うんですが……」

店番は自信なさそうにいったが、清兵衛はおそらくそこだろうと思った。

「では行ってみよう」

清兵衛は表に出て一度立ち止まった。目の前に物揚場《ものあげば》があり、高札が立っていた。

「いかがされました？」

「うむ。ここで佐々木を逃がしてはならぬから、どうすべきか……」

目的は佐々木を押さえることではない。あくまでも浅吉を捜すことなのだ。もし浅吉が佐々木の居所を知っていれば、すでに訪ねているはずだ。

「とにかく店番のいった浪人が佐々木かどうか、それをたしかめるのが先でしょう」

そういう高野を清兵衛は見て、

「そうだな」

と、応じて町の南側にまわった。三十坪ほどの小さな家があった。目の前は播磨竜野藩上屋敷の長塀である。人通りの少ない通りで、小店ばかりが並んでいた。

「拙者が……」

高野が清兵衛を見てから戸口に近づいた。と、そのとき、腰高障子ががらりと開けられた。

「あっ……」

戸を開けた男は、小さな驚きの声を漏らした。

「佐々木さん、やっと見つけましたよ。言葉巧みに拙者を騙し、あげく金を持って逃げるとは卑怯」

「待て、それにはいろいろとわけがあるのだ」

「いいわけなど聞きたくもありません。拙者の金を返してください。いえ、拙者が誘った者たちの分も合わせていただきましょう。あなたのおかげでわたしは散々な目にあっているのです」

「金は返す。おぬしからは二両だったが、二十両にして返すつもりなのだ」

「もはや騙されませぬぞ。決めた講日に掛け金を預けた者は集まったのです。それなのに、講元のあなたは姿を見せず、集めた金を持ち逃げしているではありませんか。この期《ご》に及んでいいわけなどいらぬこと。さあ、返してください」

高野は一気にまくし立てる。

「そう目くじらを立てるな。返すものは返す。だが、いまはないのだ」

「なんと……」

「じつは女に持ち逃げされたのだ。さっきそのことに気づいて慌てているのだ。まごまごしていると、びた一文返ってこないことになる」

「ほんとうでしょうな。また、うまい嘘をいっているのではないでしょうな」

「嘘ではないッ！　人を盗人みたいにいうんじゃない」

「いや、あなたは盗人も同然だ」

「なにをッ！」

佐々木浩一郎はうすい眉を吊りあげ、団子鼻をふくらませた。

「なにをではないでしょう。金をいますぐここで返してもらいましょう」

「ないものはないといっているんだ」

「だったら家捜しだ」

高野は佐々木を押しのけて家のなかに入ろうとした。

「ええい、無礼であろうッ！」

佐々木は高野を遮って、強く押し返した。そのせいで高野は尻餅をつき、目に怒りの炎を燃え立たせたかと思うや、立ちあがるなり抜刀し、佐々木に斬りかかった。

佐々木は半身をひねってかわすと、即座に刀を鞘走らせ、下段から斬りあげようとしていた高野の刀を擦りあげると同時に、拝み撃ちに振り下ろした。

キーン。

あわやのところで高野は斬られそうになったが、清兵衛が佐々木の刀を受け止めていた。

「おぬし……」

佐々木が清兵衛をにらむ。団子鼻の穴を大きくふくらませ、目を血走らせていた。

「斬り合いはここまでだ。高野、下がっておれ」

清兵衛は命じてから、さっと佐々木から離れ、抜き身の刀を右手一本で持ち、油断ならぬ佐々木のつぎの一手に備えた。

だが、佐々木は平常心を取り戻したのか、刀を鞘に納めた。

「わたしは桜木清兵衛という者、おぬしが騙し取った金を受け取らなければならぬが、浅吉を捜している。この家に浅吉が来なかっただろうか」

「浅吉……」

「拙者の〝子〟ですよ」

高野が興奮冷めやらぬ顔で口を挟んで、佐々木をにらむ。

「他にも左兵衛という薬屋、そして神崎信太郎《しんたろう》の金もある。みんな拙者に騙されたと思い込んで、拙者は神崎にひどく咎められ、斬られそうにもなったのです」

「ま、わかった。だが、いまはないのだ。嘘ではない」

「女が持ち逃げしたと、そういうのですな。その女はどこにいるのです？」

「おそらく女の家だ」

「女とはお七のことか？」

清兵衛が問うた。佐々木はそうだというようにうなずいた。

「高野、ならばお七の家へ行こう」

清兵衛はいうなり、足速に歩き出していた。

十

清兵衛のあとに高野と佐々木がついてくる。

木挽町の通りを駆けるように歩き、南八丁堀を抜け、中ノ橋をわたって八丁堀に入った。脇目も振らずに歩くが、清兵衛はいまになって、浅吉がお七を見張っているのではないかと考えた。

現にお七の長屋に浅吉らしい男があらわれている。どうやって浅吉がお七に辿りついたかわからないが、そんな気がしてならなかった。

後ろからついてくる佐々木は、さかんに高野を説得しようとしていた。ここであきらめることはない、汐留の家は講の集会所に使うつもりで借りたのだ。金はいずれ取り戻せるし、子を増やせばまた大金を手にすることができるなどと、あくまでも金への執着を忘れていない。

しかし、高野は聞く耳を持たないのか、

「もう、そんな話はたくさんだ！」

と、遮った。

それきり二人は黙り込んだまま歩きつづけた。

八丁堀から霊岸島へ移り、湊橋、崩橋とわたって、お七の長屋のある小網町三丁目についた。

お七の長屋の木戸口に入ろうとしたときだった。

「高野さん！」

と、興奮した声がかかり、若い男が近づいてきた。

「高野さん、わたしの金を取り返してください。わたしを騙していないのならそうするのが本道でしょう。侍なら条理を尽くしてください」

「浅吉、待て。いまそのためにここに来たのだ」

高野が答えた。

清兵衛はこの男が浅吉だったか、やっと会えたという目を向けた。その間に佐々木が長屋に入っていった。

「浅吉、おまえを捜していたのだ」

清兵衛が声をかけると、浅吉が怪訝な目を向けてきた。父親の吾作にはあまり似ていず、丸顔で下がり眉に大きな目は純朴に見える。

「じつはおまえの父親が来ているのだ」

「おとっつぁんが……」

「そうだ。川口町の旅籠でおまえを待っている。積もる話はあるだろうが、そこへ案内いたす」

「待ってください。わたしは金を取り返さなければならないんです」

浅吉がいったとき、長屋から悲鳴が聞こえてきた。

木戸口にいた清兵衛と高野、そして浅吉はさっとそっちを見た。長屋の路地を着物の裾が乱れるのもかまわず、裸足で駆けてくる女がいた。

「お七、待ちやがれ！」

女のあとを追って、佐々木が駆け戻って来ながら、

「高野、そやつを捕まえるんだ！」

と、声を張った。

だが、そのときお七は清兵衛たちの脇を駆け抜け、稲荷堀沿の道へ逃げていった。

「浅吉、あの女を捕まえるんだ」

清兵衛にいわれるまでもなく、浅吉はお七を追って駆けていた。そのあとを佐々木と高野が追う。

清兵衛もあとを追ったが、お七は磐城平藩安藤《あんどう》家中屋敷の門近くで浅吉に捕まえられていた。

「放せ、放せ、放しておくれ！」

地に転がったお七は身悶えするように体を動かし、浅吉を突き飛ばそうとするが、

「よし、そこまでだ」

と、佐々木に刀を突きつけられて体を硬直させた。

お七のそばには財布からこぼれた一分金が散らばっていた。

「よくもおれの金を横取りしやがったな。おれを裏切るとは嘗めた女だ」

「なんだい。人を騙してくすねた金じゃないか」

「なんだと……」

佐々木が目を吊りあげた。

「講でひと儲けして、面白楽しく暮らそうといったのはどこの誰だい！　それなのに、わたしにはびた一文わたさない。そりゃあうまいもの食わせてもらったり、着物を買ってくれはしたけど、あんたの吝嗇《りんしょく》ぶりにはあきれるわ！」

「ええい、黙れ、黙らぬかッ！」

「ひと稼ぎしたらわたしのことなんか捨てて、どうせ別の女に乗り換えるつもりなんだろう。あんたの腹のうちはわかってんだよ」

「なにを！　いわせておけば勝手なことを。斬り捨ててくれる」

佐々木が刀を振りあげたとき、高野が、

「やっぱりそうなのだ」

と、声を張って佐々木の肩口を斬りつけた。

ぴっと血飛沫《ちしぶき》が飛んだが、佐々木は振り返りざまに、大きく円弧を描くように刀を振り、高野の横面めがけて撃ち込んだ。

だが、高野がよろけたことで、佐々木の刀は空を切っていた。

「やめやめ、やめぬか！」

清兵衛は高野を背にして、佐々木の前に立った。

「みっともない、恥を知れッ。まるで痴話喧嘩ではないか。おぬしが講で人を騙そうとしたのでなければ、こんなみっともないことにはならなかったはずだ」

「なにを……」

「約束を違え、講の参集日に姿を見せず、おのれが声をかけた講衆になにも告げず、家移りしたのではないか。わたしには関わりのないことだが、心に一点の曇りもなければ、おぬしの講衆に堂々と面会し、約束を守るのが筋であろう」

「無用のお節介、まっぴらご免だ！」

佐々木が斬りかかってきたので、清兵衛は間合いを外して背後に下がった。

「筋を通すことができぬから、力で相手をねじ伏せようとするか。愚かなこと」

「黙れッ！　この老いぼれ！」

「老いぼれで大いに結構。その老いぼれからすれば、おぬしなど腰抜けの若造にしか見えぬ」

「この、いわせておけば……もう勘弁ならぬ」

佐々木は鼻の穴を大きくふくらませると、そのまま袈裟懸けに斬り込んできた。さすが師範代を務めた男だけに、その太刀筋には相手を威嚇する十分な剣気があった。

しかし、清兵衛は落ち着いて斬り込んでくる刀を左下へすり落とした。転瞬、清兵衛の刀が体勢を崩した佐々木の後ろ首にぴたりと添えられた。

「佐々木、老いぼれを甘く見ないことだ」

刀を突きつけられた佐々木は身動きできずに、唇を嚙みしめた。清兵衛はその瞬間、刀を引くと同時に素速く返し、柄頭を佐々木の鳩尾《みぞおち》にぶち込んだ。

「うげっ……」

奇妙な声を漏らした佐々木は、そのまま前のめりに倒れて気を失った。

「高野、浅吉、そこにおぬしらの出した金がある。拾い集めて溜飲を下げ、二度とこの男に関わらぬことだ」

清兵衛は気を失っている佐々木を見下ろしながら、高野と浅吉にいい聞かせ、

「お七、そなたも強欲な女のようだが、心を入れ替え真面目にはたらくことだ」

と、諭して刀を納めた。

「桜木さん、お世話をかけました。これで神崎と左兵衛に金を返すことができます」

お七のそばに散らばっている金を拾い集めた高野が畏まった。

「浅吉にもいうことがあるのではないか」

「は、たしかに」

高野は浅吉に体を向けて、

「騙すつもりがなかったのはわかっただろう。だが、気を揉ませて悪かった。どうか勘弁してくれぬか」

頭を下げられた浅吉は、

「もう結構ですよ。金が取り戻せたので、それで何もなかったことにします」

と、か弱い声でいって、小さなため息をついた。

その浅吉に清兵衛は声をかけた。

「浅吉、ついてまいれ」

十一

清兵衛は吾作の待つ旅籠に向かいながら、なぜ店の金を盗んだのかを聞いた。

「世話になった店には迷惑をかけてしまいました。高野さんから聞いた話を鵜呑みにし、ほんとうに出した金が十倍になって戻ってくるなら、是非にもやってみたいといったのですが、わたしには手持ちがありません。それであれこれ考えた末に魔が差したといったら、いいわけにもなりませんが、つい手が出てしまったんです。あとになってほんとうに後悔しましたが、もうそのときは遅すぎました。だから、どうにかして出した金を取り返したいと必死になっていたんです」

「それにしてもお七のことがよくわかったな」

「佐々木さんが『太鼓楼』を贔屓にして使っているというのを、高野さんから教えてもらい、それで店の人にあれこれ訊ねて、お七という仲居のことを知ったんです。それでお七を見張っていれば、きっと佐々木さんに会えると思いましてそれで……」

「南八丁堀の長屋を出たのはどういうことだ?」

「店の金をくすねた手前、もうそこにはいられないと思ったからです」

「どこで寝泊まりしていたのだ?」

「おくにさんという『やぶ久』の元女中がいるんです。わたしが奉公にあがったときからよくしてくれるおばさんで、それでわけを話すと、しばらくうちにいなさいといってくれたんです」

「おくにがおまえのことを、店に告げ口するとは思わなかったのか？」

「やったことは仕方ない。金を取り返すことができたら、頭を下げて返しに行けといわれました。それまでは黙っているからと……」

「いい女だな」

「はい、説教はされましたが、やさしいおばさんです」

「おくににも礼をしなければならぬぞ」

「わかっています」

浅吉はうなだれて歩いた。

旅籠「伊丹屋」に入ると、吾作の待つ二階の間を訪ねた。

「これは桜木様……」

くつろいでいた吾作は、清兵衛を見るなり畏まって座り直した。

「吾作、倅を見つけたぞ」

「へ、ほんとうでございますか。それでどこにいるのです？」

清兵衛は後ろにいる浅吉を見て、部屋に入るように目顔でうながした。

浅吉はそろそろと、客間に入った。その間、吾作はまばたきもせず目を大きくして浅吉を見ていた。

「おとっつぁん」

浅吉がいった瞬間、吾作の手が動いた。浅吉は頬をたたかれ、横に倒れた。

「おめえ、見損なったぞ。世話になった店の金に手をつけ、長屋を夜逃げしたそうだな。いってェどういう了見だ！」

「それには……」

浅吉は打たれた頬に手をあてて座り直した。

「親に恥をかかせやがって……いまさらいいわけなんざ聞きたかァねえ。おかげで桜木様にも迷惑をかけたんだ」

吾作はそういったあとで、清兵衛に顔を向けた。

「桜木様、お世話おかけしやした。思いもよらぬ親切を受けたというのに、あっしは桜木様のことを疑っていました。ほんとうは田舎者のあっしをからかって、面白がっているんじゃないかと。でも、こうやって倅を見つけてくださり、ほんとうにありがとう存じやす。もう半分あきらめていたんです。腰も大分楽になったんで、今日見つからなかったら、藤沢に帰ろうと思っていたんです。それが……」

吾作は涙ぐんで言葉を切り、

「なんとお礼を申していいか……ほんとうに、ありがとうございますとしかいえませんで……」

と、深々と頭を下げた。

「なに、気にすることはない。そなたに会ったのはたまたまではあるが、事情を聞いた手前じっとしておれなくなったのだ。隠居の暇つぶしだよ。それより、浅吉」

清兵衛は浅吉を見た。

「金がほしくて頼母子講に入ったのはわかるが、盗みはいただけぬ。気の迷いがあったのかもしれぬが、そのことだけは猛省しなければならぬぞ」

「はい」

「浅吉、桜木様はご隠居とおっしゃるが、元は御番所の与力様なのだ」

「えっ」

吾作にいわれた浅吉は心底驚いた顔をした。

「ほんとうなら御番所にしょっ引かれることをしたんだ。そのことよく考えやがれ」

「申しわけもありませんで……」

浅吉は両手をついて頭を下げた。

「おめえのおっかさんだが、半年前に死んじまったよ」

「え、おっかさんが……」

「ああ、おめえに会いたがっていた。死ぬ間際までおめえの名を呼んでいたよ。便りのひとつもくれねえで、家を出たきり早七年だ。おめえは親のこと忘れていたのかもしれねえが、親ってやつァいつまでも子供のことを気にかけてんだ」

「すまないことをしました」

浅吉は目にいっぱい涙を溜めていた。

「それからおれは仕事をやめた。家も売り払っちまった」

「どうして……そんなことを……」

「先行き短ェからだ。医者にいわれたんだ。あと半年生きられりゃいいだろうと」

「どこが悪いんだい？」

「おれの腹んなかに悪いできものができているらしいんだ。それは治すことができねえらしい。おれの臍のあたりに、大きな瘤《こぶ》のように腫《は》れているもんがある。血のしょんべんは出るし、糞も血に染まってやがる。おとっつぁん、痩せたと思わねえか」

「そういわれりゃ、たしかに……。だけど、あと半年なんて……」

「だからおめえに会いに来たんだ。だが、おめえは奉公先に迷惑をかけていなくなっていた。こうやって会えたのは桜木様のおかげだ」

「わたしは、わたしは……」

浅吉は肩をふるわせながら、大粒の涙をこぼした。その涙はぽたぽたと音を立てて、畳にしみを作った。

「泣くんじゃねえ。泣いたからってなにも戻っちゃこねえんだ。おめえはもう店にも戻れねえ。あとは藤沢に戻ってはたらくことだ。そのためにおれは、これまで溜めてきた金を持ってきた。家を売った金もある」

「それじゃ帰る家が、ないじゃないか」

「心配いらねえ。妹んちに身を寄せることになっている。おめえのおばさんの家だ」

吾作はそういったあとで懐に手を差し入れて、重そうな胴巻きを引き抜き、膝前に置いた。

「こりゃあ、おめえに預かってもらう。五十両ばかり入っている」

「そ、そんなに……」

浅吉は泣き濡れた顔をあげた。そばに座る清兵衛も驚いた。

吾作が腹のあたりを気にしていたのは、やはり病持ちだったからだろうが、胴巻きを落とさないためでもあったのだ。

「……『やぶ久』のご亭主は、おめえはもう一人前にやっていける職人だといっていた。教えることも教えてしまったと。近いうちに暖簾分けを考えていたともいった。それが、その矢先におめえの不始末だ。だが、後戻りはできねえ。藤沢で店を開くってェのはどうだ。それがおめえの夢だったはずだ」

「おとっつぁん、すまねえ、すまねえ、ほんとうにすまねえ」

浅吉は感激と後悔の入り交じった涙を流した。

「吾作、もうわたしは帰るよ。あとは二人でゆっくり話すことだ。それから『やぶ久』には、あらためて謝りに行け。浅吉、世話になったおくにという女にも、礼を失してはならぬぞ」

「は、はい」

「吾作、体を大事にしろ。藤沢への帰りは倅がついているから大丈夫だろう。浅吉、これからは誠を尽くし、徳を積むことだ。それがせめてもの親孝行であろう。

では……」

清兵衛が腰をあげると、吾作が慌てた。

「あ、桜木様、何かお礼をしなければなりません」

「そんなものはいらぬ」

清兵衛は口辺に小さな笑みを浮かべると、そのまま「伊丹屋」を出た。

真っ青な空が広がっていた。まだ日も高い。

（おいとの店で茶でも飲んで帰るとするか）

胸中でつぶやきを漏らした清兵衛は、越前堀沿いの道をゆっくり歩いた。

この作品は文春文庫のために書き下ろされたものです。

ＤＴＰ制作　エヴリ・シンク

文春文庫

武士《ぶし》の流儀《りゅうぎ》（三）

定価はカバーに表示してあります

2020年4月10日　第1刷

著　者　稲《いな》葉《ば》　稔《みのる》

発行者　花田朋子

発行所　株式会社　文藝春秋

東京都千代田区紀尾井町 3-23　〒102-8008
TEL　03・3265・1211(代)
文藝春秋ホームページ　http://www.bunshun.co.jp
落丁、乱丁本は、お手数ですが小社製作部宛お送り下さい。送料小社負担でお取替致します。

印刷製本・大日本印刷

Printed in Japan
ISBN978-4-16-791478-3

（　）内は解説者。品切の節はご容赦下さい。

青山文平
つまをめとらば
去った女、逝った妻……瞼に浮かぶ、獰猛なまでに美しい女たちの面影は男を惑わせる。江戸の町に乱れ咲く、男と女の性と業。女という圧倒的リアル！　直木賞受賞作。（瀧井朝世）
あ-64-3

井上ひさし
手鎖心中
材木問屋の若旦那、栄次郎は、絵草紙の人気作者になりたいと願うあまり馬鹿馬鹿しい騒ぎを起こし……歌舞伎化もされた直木賞受賞作。表題作ほか「江戸の夕立ち」を収録。（中村勘三郎）
い-3-28

井上ひさし
東慶寺花だより
離縁を望み決死の覚悟で鎌倉の「駆け込み寺」へ――女たちの事情、強さと家族の絆を軽やかに描いて胸に迫る涙と笑いの時代連作集。著者が十年をかけて紡いだ遺作。（長部日出雄）
い-3-32

池波正太郎
鬼平犯科帳　決定版（二十三）
特別長篇　炎の色
謹厳実直な亡父に隠し子がいた。衝撃の事実と妹の存在を知った平蔵は、その妹のためにひと肌脱ぐ。一方、おまさは女盗賊に気に入られ、満更でもない。「隠し子」「炎の色」を収録。
い-4-123

池波正太郎
鬼平犯科帳　決定版（二十四）
特別長篇　誘拐
いまや国民的時代小説シリーズ「鬼平　決定版」最終巻。未完となった表題作ほか「女密偵女賊」「ふたり五郎蔵」の全三篇。秋山忠彌「平蔵の好きな食べもの屋」を特別収録。（尾崎秀樹）
い-4-124

池波正太郎・逢坂　剛・上田秀人・梶　よう子
風野真知雄・門井慶喜・土橋章宏・諸田玲子
池波正太郎と七人の作家　蘇える鬼平犯科帳
逸品ぞろいの「鬼平づくし」。「鬼平」誕生五十年を記念し、七人の人気作家が「鬼平」に新たな命を吹き込んだ作品集。本家・池波正太郎も「瓶割り小僧」で特別参加。
い-4-200

稲葉　稔
ちょっと徳右衛門
幕府役人事情
剣の腕は確か、上司の信頼も厚いのに、家族が最優先と言い切るマイホーム侍・徳右衛門。とはいえ、やっぱり出世も同僚の噂も気になって…新感覚の書き下ろし時代小説！
い-91-1

（　）内は解説者。品切の節はご容赦下さい。

稲葉 稔
疑わしき男
幕府役人事情 浜野徳右衛門

与力・津野惣十郎に絡まれた徳右衛門。しまいには果たし合いを申し込まれる。困り果てていたところに起こった人殺し事件。徒目付の嫌疑は徳右衛門に——。危うし、マイホーム侍！

い-91-4

稲葉 稔
五つの証文
幕府役人事情 浜野徳右衛門

従兄の山崎芳則が札差の大番頭殺しの容疑をかけられた。潔白を証明せんと一肌脱ぐ徳右衛門。が、そのせいで妻のあらぬ疑いを招くはめに。われらがマイホーム侍、今回も右往左往！

い-91-5

稲葉 稔
すわ切腹
幕府役人事情 浜野徳右衛門

剣の腕を買われ、火付盗賊改に加わった徳右衛門。大店に押し入った賊の仲間割れで殺された男により、窮地に立つことに。何よりも家族が大事なマイホーム侍シリーズ、最終巻。

い-91-6

稲葉 稔
人生胸算用

郷士の長男という素性を隠し、深川の穀物問屋に奉公に入った辰馬。胸に秘めるは「大名に頭を下げさせる商人になる」という決意。清々しくも温かい時代小説、これぞ稲葉稔の真骨頂！

い-91-11

犬飼六岐
佐助を討て
真田残党秘録

豊臣家を滅ぼした家康だが、夜ごとに猿飛佐助に殺される悪夢に悩まされていた。佐助の死なくして家康の安眠なし。伊賀忍者と佐助ら真田残党との壮絶な死闘が始まる。（末國善己）

い-93-1

犬飼六岐
鷹ノ目

メリケンでいう賞金稼ぎ、本邦でいう勧賞金目当ての流れ者。世は信長が、将軍とともに上洛を果たした頃、渡辺綱の子孫条四郎は高札に掲げられた罪人を追って諸国を旅し事件を捌く。

い-93-2

伊東 潤
王になろうとした男

信長の大いなる夢にインスパイアされた家臣たち。毛利新助、原田直政、荒木村重、津田信澄、黒人の彌介。いつ寝首をかくか、かかれるかの時代の峻烈な生と死を描く短編集。（高橋英樹）

い-100-1

（　）内は解説者。品切の節はご容赦下さい。

伊東 潤
天下人の茶
政治とともに世に出、政治によって抹殺された千利休。その高弟たちによって語られる秀吉との相克。弟子たちの生涯から利休の求めた理想の茶の湯とその死の真相に迫る。（橋本麻里）
い-100-2

宇江佐真理
名もなき日々を
髪結い伊三次捕物余話
伊三次の息子・伊与太が想いを寄せる幼馴染の不破茜は、奉公先の松前藩の若君から好意を持たれたことで藩の権力争いに巻き込まれていく。若者たちが転機を迎えるシリーズ第十三弾。
う-11-21

宇江佐真理
昨日のまこと、今日のうそ
髪結い伊三次捕物余話
病弱な松前藩のお世継に見初められ、側室になる決心をする茜。一方、伊与太は才気溢れる絵を描く弟弟子から批判されて己の才能に悩み、葛飾北斎のもとを訪ねる。（大矢博子）
う-11-22

宇江佐真理
竈《へっつい》河岸《がし》
髪結い伊三次捕物余話
息子を授かって覚悟を決める不破龍之進。一方、貴重な絵の具を盗まれた伊与太はひとり江戸を離れる——デビュー以来二十年間、大切に書き継がれた傑作人情シリーズの最終巻。（杏）
う-11-23

宇江佐真理
河岸の夕映え
神田堀八つ下がり
御厩河岸、竈河岸、浜町河岸……。江戸情緒あふれる水端を舞台に、たゆたう人々の心を柔らかな筆致で描いた、著者十八番の人情噺。前作『おちゃっぴい』の後日談も交えて。（吉田伸子）
う-11-15

上田秀人
奏者番陰記録
遠謀
奏者番に取り立てられた水野備後守はさらなる出世を目指し、松平伊豆守に服従する。そんな折、由井正雪の乱が起こり、備後守はその裏にある驚くべき陰謀に巻き込まれていく。
う-34-1

海老沢泰久
無用庵隠居修行
出世に汲々とする武士たちに嫌気が差した直参旗本・日向半兵衛は「無用庵」で隠居暮らしを始めるが、彼の腕を見込んで、難事件が次々と持ち込まれる。涙と笑いありの痛快時代小説。
え-4-15

（　）内は解説者。品切の節はご容赦下さい。

平蔵の首
逢坂　剛・中　一弥　画
深編笠を深くかぶり決して正体を見せぬ平蔵。その豪腕におののきながらも不逞に暗躍する盗賊たち。まったく新しくハードボイルドに蘇った長谷川平蔵もの六編。（対談・佐々木　譲）
お-13-16

平蔵狩り
逢坂　剛・中　一弥　画
父だという「本所のへいぞう」を探すために、京から下ってきた女絵師。この女は平蔵の娘なのか。ハードボイルドの調べで描く、新たなる鬼平の貌。吉川英治文学賞受賞。（対談・諸田玲子）
お-13-17

生きる
乙川優三郎
亡き藩主への忠誠を示す「追腹」を禁じられ、白眼視されながら生き続ける初老の武士。懊悩の果てに得る人間の強さを格調高く描いた感動の直木賞受賞作など、全三篇を収録。（縄田一男）
お-27-2

加藤清正（上下）
海音寺潮五郎
文治派石田三成、小西行長との宿命的な確執、大恩ある豊家危急存亡の苦悩――英雄豪傑の象徴のように伝えられるこの武将の鎧の内にあった人間の素顔を剔抉する傑作歴史長篇。
か-2-19

天と地と（全三冊）
海音寺潮五郎
戦国史上最も戦巧者であり、いまなお語り継がれる武将・上杉謙信。遠国の越後でなければ天下を取ったといわれた男の半生と、宿敵・武田信玄との数度に亘る川中島の合戦を活写する。
か-2-43

悪人列伝　古代篇
海音寺潮五郎
悪人で聞こえた人物とその時代背景を見直すと、新しい、時に魅力的な人間像が形づくられる。蘇我入鹿、弓削道鏡、藤原薬子、伴大納言、平将門、藤原純友を収録。（磯貝勝太郎）
か-2-48

田原坂《たばるざか》　小説集・西南戦争
海音寺潮五郎
著者が最も得意とした〝薩摩もの〟の中から、日本最後の内乱となった西南戦争に材をとった作品と、新たに発見された未発表作品「戦袍日記」を含めて全十一篇を贈る。（磯貝勝太郎）
か-2-59

（　）内は解説者。品切の節はご容赦下さい。

海音寺潮五郎
史伝 西郷隆盛
維新の英雄西郷隆盛は薩摩の風土・人情、そして主家島津家の家風と名君斉彬の存在を抜きには語れない。疾風怒濤時代の若き西郷の軌跡を辿り、その実像に迫る傑作歴史読物。（葉室　麟）
か-2-61

加藤　廣
信長の棺（上下）
消えた信長の遺骸、秀吉の中国大返し、桶狭間山の秘策——。丹波を訪れた太田牛一は、阿弥陀寺、本能寺、丹波を結ぶ〝闇の真相〟を知る。傑作長篇歴史ミステリー。（縄田一男）
か-39-1

加藤　廣
秀吉の枷（全三冊）
「覇王（信長）を討つべし！」竹中半兵衛が秀吉に授けた天下取りの秘策。異能集団〈山の民〉を伴い天下統一を成し遂げ、そして病に倒れるまでを描く加藤版「太閤記」。（雨宮由希夫）
か-39-3

加藤　廣
明智左馬助の恋（上下）
秀吉との出世争い、信長の横暴に耐える主君光秀を支える忠臣左馬助の胸にはある一途な決意があった。大ベストセラーとなった『信長の棺』『秀吉の枷』に続く本能寺三部作完結篇。

か-39-6

加藤　廣
安土城の幽霊　「信長の棺」異聞録
たった一つの小壺の行方が天下を左右する。信長、秀吉、家康と持ち主の運命に大きく影響した器の物語を始め、「信長の棺」外伝といえる著者初めての歴史短編集。（島内景二）
か-39-8

加藤　廣
信長の血脈
信長の傅役・平手政秀自害の真の原因は？　秀頼は淀殿の不倫で生まれた子？　島原の乱の黒幕は？　『信長の棺』のサイドストーリーともいうべき、スリリングな歴史ミステリー。

か-39-9

加藤　廣
水軍遥かなり（上下）
瀬戸内の村上水軍より強いと言われた志摩の九鬼水軍の頭領・守隆。史料の徹底検討から浮かび上がる「ありえたかもしれない戦国時代後の日本」とは。（千田嘉博）
か-39-10

（　）内は解説者。品切の節はご容赦下さい。

利休の闇
加藤 廣
秀吉が利休に切腹を命じた理由は信長時代まで遡るものだった……。八十四歳の作家が膨大な史料を緻密に調べ、遂に真相をあぶりだす歴史ミステリー。
か-39-12

紀尾井坂版元殺人事件
風野真知雄
耳袋秘帖
「耳袋」の刊行を願い出ていた版元が何者かに殺された。許可はださなかったが、評定所の会議で根岸に嫌疑が掛かった。根岸、最大の危機を迎える?!
か-46-35

白金南蛮娘殺人事件
風野真知雄
耳袋秘帖
長崎・出島のカピタンの定宿長崎屋では、宿泊するものがいないのに不穏な様子。また白金界隈に金髪女が出現しているらしい。一体何が起きているのか？　根岸の名推理が冴える。
か-46-36

眠れない凶四郎（一）
風野真知雄
耳袋秘帖
妻が池の端の出合い茶屋で何者かに惨殺された。その現場に立ち会って以来南町奉行所の同心、土久呂凶四郎は不眠症に。見かねた奉行の根岸は彼を夜専門の定町回りに任命。江戸の闇を探る！
か-46-38

歌川国芳猫づくし
風野真知雄
今なお人気の浮世絵師、歌川国芳が風刺画、春画、滑稽画を引っ提げて江戸の怪事件に出くわす！　猫を愛した天才絵師が活躍する、ユーモア溢れる短編集。（金子信久）
か-46-32

卜伝《ぼくでん》飄々《ひょうひょう》
風野真知雄
剣豪は、永い歳月と修行を経て、ついには剣の道とは、剣を使わぬ境地と悟った……。無敗の男・卜伝の伝説はいかに作られたのか。「耳袋秘帖」の著者が晩年の塚原卜伝を描く小説。
か-46-37

一朝の夢
梶 よう子
朝顔栽培だけが生きがいで、荒っぽいことには無縁の同心・中根興三郎は、ある武家と知り合ったことから思いもよらぬ形で幕末の政情に巻き込まれる。松本清張賞受賞。（細谷正充）
か-54-1